中公文庫

ニ セ 姉 妹

山崎ナオコーラ

中央公論新社

目次

登場人物紹介

正子　アクセサリーアーティスト……とはいえ、月収6万円程。ただ、家持ち。
『屋根だけの家』に住む。

由紀夫　正子の子ども。1歳。

衿子　〝血の繋がった〟姉。公務員。

園子　〝血の繋がった〟妹。看護師。

百夜　ニセ姉。Ｗｅｂ制作会社の派遣社員。

あぐり　ニセ妹。工場でライン作業に従事。

茂　正子の元夫。生保会社勤務。

ニセ姉妹

一　君と老後を

「明日、私の友だちが泊まりに来てもかまわない？」

正子は冷蔵庫の前にしゃがみ、姉の衿子の顔を見上げて尋ねた。

「もちろん。いや、そもそも、ここは正子ちゃんの家なんだから、正子ちゃんの友だちの誰が泊まったっていいに決まっている。私の承諾なんて必要ないよ」

バスタオルで髪を押さえながら衿子が答える。衿子は長女、正子は次女で、姉妹にはもうひとり、三女の園子がいる。今は、この三姉妹と、正子の息子の由紀夫の四人で、この家に住んでいる。園子は今日、デートに出かけていてまだ帰宅していない。

「いや、いや、いるよ。お姉さんの承諾をもらいたいよ」

正子は緑色の瓶を冷蔵庫から取り出す。アップルタイザーだ。冷たさがつるりと五本の指に移る。光の加減で、爪の先が不気味な色に染まる。

風呂上がりの衿子は必ずアップルタイザーを飲む。それは、この半年ほどのにわか同棲生活で覚えた。正子は衿子の風呂上がりに居合わせたら瓶を渡してあげる。

冷蔵庫はシャワールームとキッチンの間にある。この冷蔵庫は正子がひとり暮らしをしていたときから使っている小さなものだ。シャワールームは浴槽がなく、立って浴びるだけのコンパクトな造りだ。トイレ、洗面台、シャワールーム、冷蔵庫、キッチン、ウォーターサーバーと小さな家具が東側のスペースにぎゅっと並んでいるから、住人はしょっちゅうこの辺りをうろうろする。この家にはシャワールームとトイレの他には仕切りの壁がほとんどない。そのため、それぞれの暮らしの癖が筒抜けだ。

「それで、そのお友だち、何時にいらっしゃる？」

「二人共、『明日の六時頃に』って言ってたけれど。……どうぞ」

正子は衿子に向けて瓶を差し出した。

「ありがとう。……そしたら、私は、明日は仕事上がりにどこかへ寄って、時間を潰してから帰ってこようか？」

シュワッと音をさせて蓋を外し、おいしそうにひと口飲んでから、衿子はそんな気遣いをした。

「え？　そんな、お姉さんが嫌じゃなかったら、園子と由紀夫も一緒に、六人で夕ごはんを食べよう。餃子を作るつもりだから」

「お友だちは、二人なんだ？」

「うん、そう。百夜(ももよ)とあぐりって名前」

　正子は頷(うなず)いた。正子には他にも友人がいるが、予定を合わせやすく、気兼ねがないので、最近は、この二人が一番の仲良しになっている。妊娠や出産を最初に伝えたのも百夜とあぐりだった。

「どぅるる、どぅるる。あはっあはっ」

　ダイニングの椅子(いす)を触りながらぐるぐる回っていた由紀夫が、衿子の側に寄っていくと喃語(なんご)を話し、にっこりする。由紀夫は一歳になったばかりで、正子のひとり息子だ。

「お？　由紀夫くん、ご機嫌だねえ。さあ、お母さんはお仕事だからね、おばさんと一緒に、和室で遊んでいようね」

　衿子が由紀夫の手を引いて、奥の畳(たたみ)スペースに向かって歩き始めた。衿子は「和室」と表現しているが、襖(ふすま)や障子で仕切られてはおらず、畳が敷いてあるというだけの場所だ。その八畳の畳スペースと、リビングダイニングとは天井からぶら下がるカーテンで仕切られていて、カーテンの裾の下から色落ちしたい草が見える。

　衿子は市役所に勤めており、ほとんど残業がないらしく、毎日六時前に帰ってくる。正子と、由紀夫と、妹の園子が帰っている日は園子も一緒に、食卓を囲み、予定のない月、水、金の夜は、シャワーのあと、衿子は二時間ほど由紀夫の面倒をみる。ときどき、空いている土日に、一日子守をしてくれることもあった。

「あ、ありがとう。待って、これ」

正子は急いでひきだしから茶封筒を取り出し、衿子を追いかけた。子守は二時間で三千円という約束になっている。その都度、封筒に入れて渡すことにしていた。

家族との金の遣り取りに、正子はいつも緊張を覚える。元夫とも、金のコミュニケーションは難しかったものだ。衿子に子守代を渡すとき、お釣りをもらうのがどきどきするので、ぴったり三千円を払いたいと思う。だから、買い物へ行くといつも一万円札を出して千円札にくずす。お札を裸で渡すのはよくないだろうから、と茶封筒の中に三千円ずつ入れて、ひきだしの中に常に何セットか用意してもいた。

「ありがとう。そう、そう。今月の家賃は、ちゃんと正子ちゃんの口座に振り込んどいたからね」

衿子と園子は、正子に対して毎月三万円を払ってくれる。家賃と光熱費と食費という名目だ。この額を決めるときも、ぴりぴりした。

「うん、ありがとう。……お姉さん、髪の毛、ドライヤーしなくていいの？」

正子は衿子たちより先に畳スペースに行ってカーテンを開け、それから紐を引っ張って天井の蛍光灯を灯した。

「え？　いいよ、私の髪なんて、自然乾燥で」

衿子はバスタオルを外して、さっと指で髪を整える。

四十二歳になる衿子だが、バスタオルの下から現れたストレートロングの髪は真っ黒で豊かだ。一方、衿子より七歳下の正子には、もう白い毛がちらほらある。正子はもともと猫っ毛で毛量が少ない上に、三十代に入ってから少しずつ白髪が増えてきた。初めは見つけたときに抜いたり切ったりしていたが、三十五歳になった今年、とうとう白髪染めを始めた。三年前に死んだ父親は二十代の頃の写真を見てもごま塩頭なので、正子は父親に似たのかもしれない。二十年前、正子が十五のときに鬼籍に入った母親は死ぬまで黒くて綺麗な髪をしていた。死んだときの母親は、今の衿子くらいの年齢だった。衿子は母親似なのだろう。

ただ、父親も母親も地味な顔立ちで、どっちに似た方が良いということは特になかった。正子も衿子も、そして園子も、三姉妹はみんな、美人という感じではない。三人共、地味な顔立ちだ。

容姿の良し悪しに関わらず、髪がきれいならそれなりに見えるものだ。だが、豊かな髪を持っていても、衿子はファッションに頓着しない。仕事のときは、黒縁眼鏡をかけ、髪の毛はひっつめに結い、地味なパンツスーツで出かける。

「ちゃんと乾かした方がいいよ。それにさ、お姉さん、まだ七時じゃないしさ」

正子は柱にぶら下げている時計を指差した。一応、子守は七時から九時という規定になっているのだ。その二時間の間に、正子はシャワーを浴びて、仕事をこなす。

った。

「あ、そう？　じゃあ、まあ、髪の毛、乾かしてこようかな」

衿子はしぶしぶといった感じで洗面台に向かった。そして、ドライヤーの風の音が始まった。

その音を聞きながら、正子は由紀夫を膝に乗せ、家の中をぐるりと見渡す。

この家の名前は、『屋根だけの家』という。正子が名付けた。住所を書く際には表記しないが、表札の上には、小さくだが『屋根だけの家』と書いて、ふざけている。

緑色の屋根が、地面に着くぐらいまで家を覆う。ところどころ、出っ張ったり、窓が付いていたりしているが、すべて屋根っぽい造りだ。壁を感じさせない外観にした。壁ではなくて、屋根を重視したい。正子はインターネットで検索して見つけた若手建築家に「壁を取っ払った家を建てたい」と依頼した。ちなみに、建築費は正子が全額払った。

屋内にも、スペースを仕切るための壁をできるだけ作らないようにした。

一階には、リビングダイニングと畳スペースと、玄関と、螺旋階段と、太い柱があり、どこにいても、そのすべてが視野に入る。玄関のドアを開けたときは外から丸見えなので、「防犯上、どうなんだろう？」というのが、この家に来たときの衿子の最初の科白だった。

リビングダイニング的なスペースの東側の壁にトイレとシャワールームとキッチンが並び、真ん中にくるみの木のダイニングテーブルがでんと置いてある。テーブルの周りには椅子が六脚ある。南側に掃き出し窓があって、そこから猫のひたいほどの小さな庭に出られる。

北側には、カーテンでのみ仕切られた畳スペースがあり、そこで正子と由紀夫は寝起きしている。

小さな玄関が西側の中央にあり、そのすぐ横に螺旋階段がある。玄関と螺旋階段の周りは吹き抜けになっていて、二階と繋がる。

今は、二階に衿子がベッドを置き、その二階からハシゴで上がる三階に、園子が布団を敷いていた。

姉妹が越してきたので、自分の家とはいえ、正子はこの半年ほど一階のみで過ごしており、ほとんど二階と三階には行っていない。

ドライヤーの音が消えてから、

「あのさ、さっきの続きだけど……」

正子は洗面台の方に声をかけた。

「うん」

衿子がガチャガチャとドライヤーを仕舞いながら返事する。

「ここはみんなの家だし、私たちは〝血の繋がった家族〟なんだから、家だってなんだって、誰のものかなんて、いちいち気にすることないよ。友だちを呼ぶのは、『私の家だから、私の自由にやろう』って思っているわけじゃない。お姉さんだって、自分の友だち呼びたかったら呼んでいいよ」

喋りながら、「本心とはまったく違う」と感じた。嘘をぺらぺらと喋る自分に辟易する。本当は、「みんなの家」だなんて、決して思えない。そして、〝血の繋がった家族〟という言葉を口に出したときは、背筋がぞおっとした。サービスのような気持ちで、〝血の繋がった家族〟という言葉を安易に使ってしまった。

正子は、衿子のことも園子のことも、幼少時代からずっと変わらず好きだ。だが、自分の離婚のあとくらいから、「〝血の繋がった家族〟という理由で仲良くするのは嫌だ」という気持ちが芽生えてきた。衿子や園子が悪いのではなく、自分の側の変化だ。ただ、どうして嫌なのかうまく説明できそうになくて、また、衿子や園子から嫌われたくない気持ちもあって、いつもサービスのような気持ちで、その場しのぎの嘘をぺらぺら喋ってしまう。

「おそらく、衿子は〝血の繋がった家族〟という言葉を大事にしている」とある時から正子は思うようになって、気を遣っているつもりだった。

「べつに、誘いたい友だちなんていないから」

衿子は首を振った。

「あと、由紀夫の面倒も、〝血の繋がった家族〟という理由で見てもらわなくていいよ」

正子はそう言ってから、「あ、これは本心だ」と思った。

「え？　だって、そしたら、正子ちゃんの仕事はどうするの？」

畳スペースに向かって歩いてきた衿子の髪は一応乾いているが、変な風に癖が付いている。ドライヤーが下手なのだ。

衿子が由紀夫をみてくれる理由は、「正子の仕事のため」だ。正子は、アクセサリーアーティストだ。アクセサリー制作やインターネットサイトの更新作業や商品の発送作業を行う。収入は月に六万円程度なので、衿子が「仕事」と表現してくれたのはおそらくお世辞だ。

「まあ、それは、隙間時間でなんとかする。お姉さんみたいに、私は世間的にちゃんとしていないし、アクセサリーアーティストは人に誇れる職業じゃないものね。そんなに気遣ってもらいながら続けるのも恐縮だし。結婚前みたいに、会社に勤めた方がいいよね。由紀夫が一歳になったことだし、そろそろ就職活動して、ちゃんとしたお勤めしなきゃね」

正子は言いながら、「なんだか、いやみみたいになった」と思った。

「そりゃあ、どこかの会社にちゃんと属して、正社員になれるのなら、それに越したことはないよ。正子ちゃんみたいに、運で手に入れた貯金があっても、地道に働こうと思うのはえらいよ。応援するよ。私みたいな公務員は安定しているからお勧めだけど、会社員でも自分のことは自分でして老後に人様に迷惑をかけない覚悟を持つなら、いいと思うよ。うん、会社員を目指しなよ。でも、職業に貴賤はないし、遊びのようなものでも、ちょっとでもお金をもらえるなら、『仕事』と思って、一所懸命にやらないと駄目だよ。アクセサリー制作も、就職するまでは頑張りなよ。あるいは、今は個人で、フリーランスでも、そのうち大きい会社と繋がれるかもしれないし」

衿子はいやみとは捉えなかったようで、真面目な口調で返してきた。

「あー、うーん」

正子が曖昧に頷くと、玄関からごそごそと音がして、ドアが開いた。末っ子の園子だった。

「あ、園子ちゃん、おかえり」

衿子が由紀夫の手を取りながら言った。

「おかえり、園子ちゃん」

正子は立ち上がって、玄関まで迎えに出る。

「ただいま、由紀夫くん、寝ている？」

園子は小声で言った。さっぱりしたショートカットの頭と、ほとんどノーメークの顔で、小さく笑う。顔立ちは正子と同じく父親似で、やはり地味なのだが、表情が豊かで、快活な雰囲気がある。

「起きているよ。あのさ、そんなに、由紀夫に気を遣ってもらわなくて、大丈夫だよ」

小声じゃなくていい、というのは、この半年間何度も言ってきたことなのだが、小さい子がいる家では小さい子を中心に生活をしなければならない、という強い思い込みが衿子にも園子にもあるみたいで、気を遣うことを一向に止めない。気を遣ってもらう度に、「三万円の家賃をもらうのは悪いなあ」と正子は萎縮した。

「夕ごはん、食べた？」

由紀夫と手遊びをしながら、衿子が声だけを園子に向ける。

「うん、スペイン料理を食べてきたよ」

園子はダイニングの椅子にショルダーバッグを置いた。

「なんか、飲む？　カフェインレスコーヒーを淹れようか？」

正子は立ち上がった。

「うん、ありがとう。手を洗ってくる」

園子は洗面台へ向かった。この『屋根だけの家』に園子が引っ越してきたのは、衿子と同じく、由紀夫の養育や離婚した正子の心の健康を慮ってのことでもあるだろうし、家賃などの生活費が軽くなるからでもあるだろうが、一番の理由は、園子の勤務先が隣駅にあるからに違いなかった。正子が『屋根だけの家』の立地をここに定めたのは、始めは元夫の茂の通勤に便利なように茂の会社のある沿線で探していて、見つからなくて乗り換えを一回することにしてまた別の沿線で探して、ようやく陽当たりが良くて静かな土地を見つけたからで、園子のことを考えたわけではまったくなかったのだが、今となってはこの末の妹にかなり気に入られている。園子は看護師として三交代制で病院に勤めており、特に終電間際になる準夜勤のときは、家が近いことがとても嬉しいみたいだ。

正子は、園子用のテディベア柄のマグカップをコーヒーメーカーにセットし、スイッチを押した。正子がカフェインレスコーヒーを知ったのは妊娠中と授乳中にカフェイン摂取を制限していたときだったのだが、味を気に入って、断乳をして制限の必要がなくなってからも引き続き愛飲している。数ヶ月前のあるとき、ついでに園子にも淹れてあげた。時間が不規則で、しかも神経を使う仕事をしている園子は、寝つきが悪いことで長年悩んできたらしく、「これなら、気軽に飲めていい」と喜んだ。

「どうぞ」

正子は洗面台から戻ってきた園子にマグカップを渡した。

「いただきます」

園子はマグカップを受け取る。

「あのさ、明日、私の友だちが二人、うちに泊まりに来てもいい？」

正子は、衿子に対して尋ねたのと同じことを、園子にも尋ねた。

「え？　友だち？　誰？」

園子はダイニングテーブルに着いた。

「あのね、百夜とあぐりっていう……」

正子は園子の向かいに座った。

「あー、はい、はい。正子姉ちゃんの離婚を喜んだ人ね」

園子は頰杖(ほおづえ)をついた。

正子の妊娠中に、元夫の茂が正子ではない女の人と恋愛をした。恋愛といっても、茂が言うには片思いらしいのだが、とにかく、恋愛を理由に茂から離婚を求められた。正子は本来、悩みができてもあまり人に相談せずに自分で解決するのが好きな性格だ。でも、このときばかりは心細くなった。妊娠四ヶ月でその問題が発覚して、臨月までは自分の胸の内だけに秘めていたのだが、出産直前に不安が爆発して、百夜とあぐりに相談した。百夜とあぐりは二人ともあっさりとした性格なので大騒ぎをしないだろうということと、地元の友だち相手の場合は噂話をされて面倒くさいということ、そして、その頃にちょうど百夜とあぐりと三人でごはんを食べる機会があったので、喋った。百夜は「子どもができたあとで良かったね。正子は子どもに恵まれて、家もあって、夢いっぱいじゃない。大変だろうけれど、この問題のおかげで人間的に成長できるだろうし、これから楽しいことがいっぱいだ。正子は若いから、この先、新しい恋だってあるかもしれないしさ。未来は明るい」と励まし、あぐりは、「あっはっは。泣け、泣け。任せろ。これからも、困ったときには私が側にいてやる。出産のときもかけつけてやる」と笑った。正子は笑ってくれる二人のおかげで少しだけ気持ちが軽くなった。そして、後日、正子が「陣痛が始まったよ」とSNSで連絡すると、あぐりは本当に仕事を早退して病院にかけつけてくれた。さすがに夜が更けたら帰ったが、水を飲むのを手伝ってくれたり、腰をさすってくれたり、くだらない雑談をして痛みから考えを逸らしてくれたり、随分と助かった。真夜中に由紀夫は生まれた。産気づいてから八時間のスピード出産だった。百夜も、出産の三日後に病院に来て、ガラス越しに由紀夫を見て、「可愛い、可愛い。未来は明るい」と手を叩いた。

〝血の繋がった〟姉妹に対しては、出産後、退院してから、夫の恋愛のことと、すでに離婚に向けて話し合っていることを伝えた。これまでも事後報告が多かった正子なので、報告のタイミングについてはスルーされた。ただ、衿子は「茂さんは責任感がない。正子ちゃんがかわいそうすぎる。子どもができる前の離婚だったら、ましだったけれど」と憤怒し、園子は「よくあることだ。男ってばかだ」と呆れた。正子の現状が地獄であるかのごとく嘆いて、「不安定になっているだろうから、しばらく一緒に暮らしてあげる」と二人して言ってきた。「え？　まったく不幸じゃないよ。由紀夫に恵まれたあとの離婚になって、むしろラッキーだよ。子どもが生まれて、幸せじゃないわけがない、ハッピーだ。すでに子どもがいるのに、『子どもができる前の離婚の方がいい』なんて言われるの、ちょっとつらいなあ。まあ、妊娠中は不安になったし、産んでからは楽しいとはいえひとりでやる育児は大変だけどさ。今は、幸い産後うつもないし、元気だよ。自分を好いてくれていない男に面倒を見てもらうより、自分の責任で由紀夫を育てる方が楽しい。すっごく、明るい気分なの。幸せ、幸せ」と正子は一所懸命に説明したが、長く話せば話すほど不審がられ、信じてもらえなかった。百夜とあぐりの科白を伝えてみたところ、園子は「そうだろうね。女ってのは、友だちの離婚を喜ぶもんだよ」と首を振り、衿子は「本気で心配するのは〝血の繋がった家族〟だけだよ。友人の軽口を信じず、〝血の繋がった家族〟を頼りなさいよ」と諭した。そして、正子が「心配には及ばない。百夜とあぐりが言うように、本当に幸せなんだ。離婚のことは、一応、報告はしておこうと思っただけで、べつにお姉さんや園子ちゃんに頼りたかったわけじゃないの」となおも説明しても納得せず、衿子と園子は二人で話し合って、「正子ちゃんを助けるために、一緒に住んであげよう」という意見をまとめてきてしまった。どう返事して良いかわからず、正子は「あー、うーん。うちに住みたいのなら、スペースは余っているし、こばみはしないけど……」と口を滑らせてしまい、半年前から三姉妹の同棲生活が始まったのだった。

衿子は百夜とあぐりの名前を覚えていなかったが、園子はそのときに出した名前を記憶していたらしい。

「でもね、いい人たちなんだよ。私は大好きなの」

正子は笑って見せた。

「何歳なんだっけ？」

園子が尋ねる。

「えーと、百夜が四十二歳で、あぐりが二十八歳」

　正子は指で空間をぼんやり差しながら答えた。

「え？　そしたら、うちらと同じじゃんか。衿子姉ちゃんが四十二で、私が二十八歳だから、完全に一致」

　園子が目を見開く。

「え？　うん、まあ、そうだけども」

だからどうした、と思いながら正子は頷いた。

「明日は日勤だから、私も夕ごはん、一緒に食べるよ。いい？」

「うん、もちろん。餃子だよ」

「お料理、手伝うね。……その二人、家に来るのは初めてなの？」

　園子がさらに質問して来る。

「いや、何度か来ているよ。由紀夫が生まれたあとも遊びにきた。でも、お姉さんと園子ちゃんと一緒に住むようになってからは、初めてだね」

「結婚している？」

「二人共、独身だよ」

　正子が答えると、

「うん、うん。友だちづき合いは大事だよね。老人になっても仲良くしてくれそうな、結婚しない友だち。女同士って嫉妬（しっと）とかあって面倒だけど、協力し合えることも多いもんね。

女友だち、私も増やしたいんだ」

　園子は深く頷いた。

「ふうん。そういうもの？」

　正子は首を傾げた。

「うん、姉妹だけじゃ寂しいかな、って」

　マグカップの琥珀色の水面を見つめて園子がつぶやく。

「園子ちゃんは、まだ二十八なのに老後の心配をもう始めているのね。えらいじゃない。でも、これから結婚するかもしれないし、まだちゃんとした計画立てにくいでしょう？」

　衿子が由紀夫をあやしながら言った。

「いや、看護師なんて、出会いないよ。つき合っても時間が不規則だから関係築くの難しい。なんか、今日ごはん食べた人もさあ……。いや、違う。彼氏ができない、って話でもなくて、もう結婚をする気がなくなったんだよ。私はね、同性のつき合いを求めているの」

　園子はマグカップを唇に当てた。

「ふうん。みんな、老後のこと、考えているのか」

　正子は遠くを見た。

「とりあえず、衿子姉ちゃんと、正子姉ちゃんは、私を見捨てないでしょ？」

真剣な眼差しで園子が言った。

「ふふっ。なあに、それ」

衿子は噴き出した。

「見捨てるって何」

正子も笑った。

「ただねえ、この家、二階から三階に上がるときにハシゴを登らないとならないのが難点だね。老人にハシゴはきついよ」

天井を見上げて、園子は指摘した。

「ちょっと、園子ちゃん。年を取っても、ここに住むつもりなの？　私たちは、今は正子ちゃんが離婚したり由紀夫くんが小さかったりして大変だから、助っ人として同居しているんだよ。長く居座ったら正子ちゃんに迷惑だよ。正子ちゃんが建てた家なんだから、運の良さで当てた宝くじの当せん金で、不労所得の極みとはいえ、建築費は正子ちゃんのお金には代わりないし」

衿子は由紀夫と向かい合って積み木遊びをしている。衿子が生真面目に積み木を積み上げ、由紀夫は積まれた側からそれを倒している。

「あー、うーん」

正子はつぶやいた。

「あ、もちろん、出て行くべきときが来たら、出て行くけども」

園子は肩をすくめた。

「いや、いや。『出て行って』なんて、そんなひどいこと、よっぽどなことがない限り……。ただ、私は無計画で、先のことはあまり考えていなかったから」

正子はふわふわと曖昧に首を振った。

「まあ、とにかく、この家、バリアフリーにはほど遠いね。壁はないけど、老人を受け入れない。螺旋階段も、老人にはつらいよ」

園子は眉根(まゆね)を寄せた。

「じゃあ、老人になってきたら、改築した方がいいのかなあ」

正子は『屋根だけの家』を見渡した。

「まあ、そうだね。もしも、この先も私が住み続けて良かったら、そのうち、改築しよう。私もお金を貯めるから」

園子がはきはき言う。

「あー、うーん」

正子がまた曖昧に首を傾げると、

「気のない返事だね。そもそも姉妹で老後を過ごす気がなかった？」

園子が畳み掛けてきた。

「えっ」

　正子は戸惑った。

「今は、子どもに期待したらいけない時代だからね。由紀夫くんの人生は由紀夫くんの自由にさせた方がいいよ。それで、同性で、老後もつき合える人を探しておいた方がいいよ」

　園子が正子に向かってアドヴァイスしてきた。

「まあ、まあ、園子ちゃん。正子ちゃんは、将来をまだ考えられないんだよ。子育てを始めたばかりだし、不安定だから、慮ってあげないと」

　衿子が注意する。

「うん、うん」

　園子は適当に頷く。

「それより、明日、正子ちゃんのお友だちは、どこで眠るの？」

　衿子が言った。

「なんか、百夜もあぐりも『雑魚寝（ざこね）でいい』って言ってたから、畳スペースに布団をみっしり敷いて、百夜とあぐりと私と由紀夫と、四人で寝ようと思っている」

　正子は畳スペースを指差した。

「え？　お客様にそんな窮屈（きゅうくつ）な思いさせるの、悪いんじゃないの？　私が和室で正子ちゃんたちと一緒に寝て、お友だちには、二階の私のベッドで寝てもらったらどう？」

　衿子は天井を指差した。

「え、いいよ、いいよ。あはは、そんな、『お客様』だなんて……」

　正子は首を振った。衿子や園子が「身内」で、百夜とあぐりが「お客様」というのは、確かにその通りなのだが、今の正子にはちょっと可笑しく感じられた。

「なんで？」

「うーん。だって、二人だよ。ベッドで二人一緒に寝てもらうの？」

「園子ちゃんにも和室で寝てもらったら？　私と園子ちゃんと正子ちゃんと由紀夫くんが一緒に寝て、お友だちには、それぞれ二階と三階に寝てもらったらどうかなあ？」

「え？　私は寝床を譲るのは嫌だよ。第一、友だちの姉妹のベッドで寝る、って……。衿子姉ちゃんだったら、できる？」

　園子が首を振った。

「ああ、確かに、ちょっと抵抗あるか」

　衿子は肩をすくめた。

「そうでしょ。いいんだよ、きゅうきゅうで寝れば。二人共、細かいことを気にしない、ざっくばらんな性格だから」

　正子はなおも畳を指差した。

「そお？　じゃあ、そうしていただこうか」

衿子が頷いた。

「じゃあ、私、疲れたし、シャワーは明日の朝に浴びることにして、今日はもう寝ちゃおうかな。おやすみ」

園子がショルダーバッグを持って、立ち上がった。

「おやすみ、また明日」

正子は片手を挙げて挨拶した。

「園子ちゃん、おやすみ。正子ちゃんは、シャワーを浴びて来たら？　さあ、由紀夫くんはおばさんとねんねしようか」

衿子は畳スペースのカーテンを閉めた。普段は九時で交代してから正子が寝かしつけるのだが、今日は早めに寝かしつけまで衿子がやってくれるらしい。

園子は螺旋階段の前に設置してあるベビーゲートを開けて、かんかんと上っていく。ハシゴを登るギシギシという音が聞こえて、そのあと、三階の灯りがほんのりと吹き抜けから落ちてきた。

家を建てたとき、吹き抜けや螺旋階段ほど姉妹からばかにされたものはなかった。無駄なスペースを作らないというのが、家を建てる人の常識らしい。実際、吹き抜けも螺旋階段もなんの役にも立っておらず、完璧に無駄なスペースだ。家を建てる多くの人が階段の下に収納スペースを作るなどして空間を最大限に活用しているのに、正子は空間の無駄遣いをばんばんしている。しかも、光や音が漏れるような造りにして、プライバシーを守ることを考慮していない。吹き抜けや螺旋階段は正子が考えたことではなく、建築家が言いだしたことだった。でも、とにかく正子は、了承したのだ。そして、今も、後悔はしていない。ちょっと面白く感じていて、「こんな変な家を建てて、姉や妹に悪いな」とは思っても、自分自身は不快には感じていない。面白さは正子に快感をもたらす。

正子は自分という人間のことを、「目立たない行動を好む、大人しい性質」と捉えている。服装も性格も地味だ。だが、心の奥底に、「常識の枠から出たい」という気持ちも潜んでいるみたいで、面白いものを見たときに強い幸福感を味わう自分にも気がついていた。

アクセサリーを作るのも、そういう気持ちと地続きなのかなあ、と考える。正子は自分のアクセサリー群に『身にまとう家具』というブランド名をつけた。『身にまとう家具』は、何より遊び心を大事に制作している。人がアクセサリーで身体を飾ることには様々な理由がある。TPOをわきまえるために、自分をより美しくみせるために……。でも、正子としては、こっそりと遊び心を携えるために、という思いを第一に持っている。そして、購入者たちも同様の思いを持っているのではないか、と想像していた。正子は、白シャツにジーンズといった格好を定番にしている。でも、アクセサリーだけ、ちょっと遊ぶ。地味にしていても、どこかしらで枠の外へはみ出しておきたいのだ。

正子はシャワールームで頭と体を洗い、髪を乾かしたあと、畳スペースへ行った。

衿子はまっすぐに体を伸ばして綺麗な顔で寝ていたが、由紀夫は布団からかなり外れて畳の上で丸くなっていた。一歳児の寝相は酷(ひど)い。近寄って、そおっと布団の上に運び、毛布を掛けてやる。

「あー……、正子ちゃん」

衿子がうっすらと目を開けた。

「ありがとう、お姉さん。私の『仕事』のために、申し訳ありません」

正子は頭を下げた。

「うん。じゃあ、私、二階で寝るわ」

衿子は布団から出て、螺旋階段を上がっていった。

由紀夫は、すうっすうっと気持ち良さそうに寝息を立てている。両手を上にやって、世界のすべてを信頼しているようなポーズだ。頬がぷっくりと膨(ふく)らんで、幸福に満ちた顔つきだ。「こんなに丸い顔も、数年したら細長くなってしまうのだろう」と惜しい。太い眉や大きな瞳、すうっと通った鼻筋など、由紀夫の顔のパーツは元夫の茂に似ている。茂は面長なので、由紀夫も成長したら面長になるのではないか、と思われた。

離婚準備の際、弁護士を間に入れて茂を有責として進めることもできたのかもしれないが、正子と茂は二人だけで協議を進めた。恋愛はしていても、本人が言うには、「まだ、どうもなっていない。告白もしていなくって、オレだけの気持ち。でも、百年にひとりの逸材に会ったから、この先も片思いだとしても、あの人を好きなままだと思う」とのことだった。ばかな科白で、園子に教えたら罵倒されるに決まっているので、この科白はこれまでのところ、正子の胸だけに仕舞っている。法律上の不貞はセックスしたかどうかで判断されるみたいなので、はっきりと不貞とは言い切れないのではないか、と正子は思った。なんにせよ、正子は茂を嫌いにはなれず、もう一緒には住まないにしても、「自分が損をしない離婚」「得する離婚」を望まなかった。それで、慰謝料もなければ、財産分与もしない、親権は正子がもらい、茂は養育費を毎月払う、という離婚をした。その詳細は、友だちにも姉妹にも言わなかった。高額宝くじのおかげで自分名義の家もあれば多くの貯金もあった正子は、それを茂と分け合わないで済むというだけでも、ラッキーな気がした。そして、由紀夫は茂と〝血が繫がっている〟ので永遠に関係は切れないだろうから、二ヶ月に一度は会わせよう、と決めた。

「でも、あのとき、どうして私は『〝血が繫がっている〟と、永遠に関係が切れない』って思ったんだろう。私は、〝血の繫がり〟を大事なものだと思っているのかな?」

　正子は我知らずひとりごちた。

翌日の午後、由紀夫が昼寝をしている間に、キャベツを刻み、挽肉をこね、正子は餃子のタネを準備しておいた。夕方、衿子が由紀夫と遊び始めてくれたので、ちょうど帰って来た園子と一緒に、餃子をどんどん包んでいった。

「あれ？　もう六時半だね。六時に来るって言っていたじゃんか？」

園子が柱の時計を見上げて言った。

「あー、二人とも仕事帰りだから、時間ははっきりしないみたい。遅くなっちゃうかも」

正子はフォローした。百夜とあぐりはどちらも常にゆったりとした時間感覚で生きている。衿子と園子には最初から「七時くらい」と適当に遅めの時間を言っておけば良かった、と後悔した。

「だったら、無理なく来られる時間で約束したら良かったのに。七時でも八時でも」

衿子が、由紀夫に絵本を読んであげているのを中断して、そう指摘する。

「でも、レストランじゃなくて、うちでごはん食べるんだから、時間なんて大体でいいじゃんか」

正子は指を濡らして皮の縁をなぞる。

「え？　むしろ、お店に行くときよりも家に行くときの方が気を遣うもんじゃないの？私だったら、お呼ばれしたときは、時間ぴったりに行くよ。だって、掃除とか料理とかのタイミングがあるでしょう？　約束より早く行くのも悪いから、早めに着いちゃったときは、家の周りをぐるぐる歩いて時間潰したりさ」

衿子は肩をすくめた。

「まあ、お姉さんはそうするでしょうけれども」

正子は作業を続けた。

「私だって、そうしているよ。正子姉ちゃんだって、そういうタイプでしょ？　時間守るの、好きでしょ？」

園子もテキパキと手を動かしながら喋る。

「そうだね。私も、お店でもおうちでも、時間にきっかり行く。遅れると、どきどきしちゃうからね。でも、友だちが時間通りに来ないのは、なぜか、私はまったく気にならないんだよ」

正子がそう言ったところで、インターホンが鳴った。正子はシンクでさっと手を洗ってから玄関へ行き、ドアを開けた。

「お招きありがとう」

ふんわりとウェーブのかかったロングヘアを揺らし、大きな瞳の目尻を下げて、にっこりする。耳元にとても小さなコットンパールのピアスを着けている。品の良い紺色(こんいろ)の、シンプルなデザインのワンピースは、華奢(きゃしゃ)な体によく似合っている。百夜は美しいのだった。

「お邪魔しまーす」

あぐりの格好は変だった。遠山の金さんの刺青のような模様が肩に大きくプリントされたTシャツに、白いラインが二本入った学校ジャージみたいな紺色のズボンを穿(は)いている。足元はビーチサンダルだ。でも、顔だけはばっちりと化粧されていて、切れ長の二重まぶたにはピンク色のアイシャドーが載(の)せられている。天然パーマのおかっぱ頭はコケティッシュだ。あぐりは小柄なので、実年齢よりもかなり若く見える。声に透明感があることもあって、凜々(りり)しい美少女といった雰囲気だ。

「いらっしゃい、百夜、あぐり」

正子は笑って迎えた。

「正子、今日はお招きありがとう。これ、良かったら。中華って言っていたから、春巻きと、春雨サラダを作ってきたの。……それにしても、いつ来ても素敵な家だねえ。螺旋階段、映画の中のセットみたい。いいね、いいね、本当に。壁がないのも、いいよね、明るくって」

百夜は紙袋に入ったタッパーを渡しながら、『屋根だけの家』を盛んに褒(ほ)めた。

「姉の衿子です。妹がお世話になっています。最初は、妹がこんな変な家を建てて、びっくりしたんですよ。もっと真面目な子だと思っていたのに。でも、少しずつ慣れて来ました」

「初めまして、百夜です。本当に素敵な家だと思いますよ」

「妹の園子です」

「私、友だちのあぐりです。私も、この家、かっこいいと思う。さすが、お姉ちゃん、よく建てたな」

あぐりは視線を家の中でくるりと回した。あぐりは手ぶらで来たらしかった。

「お姉ちゃん？」

園子が片眉を上げた。

「あ、ごめんなさい。正子さんのこと、私は、お姉ちゃんって呼んでるんです。あだ名です。でも、お姉ちゃんって呼ぶの、本当は実の妹さんにしか権利のないことですよね」

「あ、いや。ふうん、あだ名……」

「ええ、あだ名で『お姉ちゃん』。かまいませんか？」

あぐりは園子の横の椅子に腰掛けた。

「かまいません。というか、姉の呼ばれ方なんて、妹が口出すことじゃないですし。どうぞ、ご自由に」

園子はぶっきらぼうに許した。

二　屋根だけの家

正子とあぐりが仲良くなったのは九年前、正子が二十六歳、あぐりが十九歳のときだった。

元夫の茂とすでにつき合っていたのだが、正子に比べて勤務時間の長かった茂とのデートの回数は少なくて、正子には暇(ひま)があった。会社に通うだけでは得られない彩りを趣味を通じて出会う友人たちから得て生活を輝かせよう、なんてことを考え、「茂が仕事で自分は休みの土曜日に活動できるところがいいな」「本気で趣味に打ち込むというより、友だち作りができそうなところがいいな」と音楽系からスポーツ系まで、近所にある趣味のサークルをインターネットで探した。自分に音楽やスポーツの才能がないのは自覚していたし、そんな自分に金をかけたくなかったから、「楽かどうか」を基準にした。

初心者歓迎とうたうウクレレサークルを見つけ、小さい楽器なら値段が安いだろうし持ち運びも簡単だろうし、良いのではないか、と見学に出かけた。

その日、同じように初心者として見学に来ていたのがあぐりだった。あぐりはまだ大学生で、ロングヘアをおだんごにしてギンガムチェックのワンピースを着て、今と違ってお嬢さん風に気取っていた。格好はともかく、顔が美形だったので、正子はあぐりに釘付けになった。糸をするすると引っ張られるような気持ちになって寄っていき、「こんにちは。あなたも、見学ですか？」と声をかけた。あぐりはにっこりして、「はい」と頷いた。簡単な自己紹介を交わしたあと、「でも、大学生だったら、大学にサークルがいろいろとあるでしょう？　私は大学に行っていないから、よくは知らないんですけれど……。どうして、この社会人団体に入ってみようと思ったんですか？」と尋ねた。「大学生じゃない友だちも欲しいな、と思いまして」とあぐりは澄まして答えた。

見学のあと、二人共ウクレレサークルに入会したのだが、その三十人ほどの団体は意外にも本気でコンサート活動に勤しんでいて、ノリについていくのが難しかった。しかも、派閥があった。「練習後に私たちと食事に行こうよ。いろいろ教えてあげる。私たち、新しい人にはなかなか声をかけないんだけど、あなたたち真面目そうだし……」「先週は、あっちのグループとご飯食べたんだってね。今日は私たちと食べない？　ねえ、あっちのグループのササキさんって人がいるでしょう？　あの人ってちょっとさあ、気をつけた方がいいかも……」など、よくわからない声がけを何度もされた。それから、運営を担っている役職付きの人たちに対して役職なしの人たちが不満を抱えているらしく、「上から喋るだけで、実際にはあまり仕事をしていない」「下っ端のうちらにレイ作りだの髪飾り作りだの雑用だけを押しつけてくる。どういうコンサートをやりたいか、なんの曲をやりたいか、といった意見はまったく吸い上げてくれない」など、愚痴も聞かされた。いろいろと人間関係が面倒で、「なんだここ。これでは、趣味じゃなくて、仕事じゃないか」と正子は思った。それで、四ヶ月ほどで退会を決めたところ、「そしたら、私も」とあぐりも一緒にやめてしまった。

そういう訳で、二人はウクレレの技術をほとんど身につけなかったのだが、友人は得られた。正子もあぐりもすぐにウクレレのことは忘れてしまって、土曜日は映画を見たり、美術館へ行ったり、ただ遊ぶようになった。

あぐりは四人姉妹の末っ子とのことだった。

正子が自分は三人姉妹の真ん中だと言うと、「じゃあ、お姉ちゃんって呼ばれているのか？」とあぐりは尋ねた。「うん、まあ、そうだね。妹からは、正子お姉ちゃんって呼ばれるね」と答えたところ、「うらやましい。私も、お姉ちゃんって呼ばれてみたかったからさ」と言う。それで、当初は正子があぐりを「お姉ちゃん」と呼んであげ、あぐりは正子のことを「正子」とふざけて呼び捨てにしていた。だが、年齢の高低が逆なため、だんだんとそぐわない雰囲気が漂うようになり、いつの間にか、正子があぐりを「あぐり」と呼び、あぐりが正子を「お姉ちゃん」と呼び始め、聞きやすい感じになった。その程度のことなので、「お姉ちゃん」という呼び名は、本当にただのあだ名で、たいした意味はないのだった。


「今ね、餃子、園子と包んでいたの。これから焼くね」

銀色のバットに耳状のものがたくさん並んでいる。

「わあ、焼き餃子」

百夜が手を叩いた。

「あ、もしかして、水餃子の方が好きですか？」

衿子が、百夜の声の微妙なトーンを読み取ったらしく、気を遣う。

「でも、焼いたのも大好きですよ」

百夜はにっこりしたが、

「じゃあ、水餃子も作ろう」

正子は大鍋を取り出した。

「今は、お姉さんの衿子さんと、妹の園子さんが、二階と三階に住んでいらっしゃるんですか？」

あぐりは餃子に頓着せず、そんなことを園子の顔を見つめたまま尋ねた。

「ええ、そうです。良かったら、部屋、見ますか？」

園子は、なんのサービス精神なのか、急にそんなことを言い出した。

「え？　いいんですか？　まだ、二階と三階には行ったことないので、嬉しいな。……あ、でも、もちろん、プライベートなところは見せていただかなくて大丈夫ですよ」

あぐりが真に受けてにっこりする。

「二階は今は長女の私が使わせてもらっていて、三階は末っ子の園子が寝起きしているんです。変な家ですけど、見ます？」

衿子が天井を指差した。

それで、餃子の前にグランドツアーをすることになった。

「じゃあ、私が家の中を案内しましょう」

正子は由紀夫を抱っこすると、かしこまって喋り出し、あとの四人を引率して玄関から始めた。

「わあ、嬉しい」

百夜が手を叩き、みんなは正子のあとについてきた。

「この家は『屋根だけの家』っていう名前です。外から見たら、屋根だけがカポッと地面に落ちているイメージだと思います。『壁がなくて、屋根だけで成り立っている感じで』。そんな風に建築家に依頼しました。家の中も、できるだけ、壁っぽさをなくしました。部屋を区切っていません」

正子は説明した。茂に憧れて、「人間関係を築くとき、壁を作らない人間になりたい」と思って、壁のない家を思いついた。雨や風から屋根で守ってもらって、でも、人間関係は壁で守ってもらわない。自分の力で、家族の関係を、お客さんとの関係を築きたい、という目標があった。

「そうなのね。でも、私たちには、どうして正子がこんな家を作ったのか、さっぱりわからないの。家っていうのは、雨風しのぐだけでなく、外界の敵から家族を守るものでしょう?」

衿子は一番後ろからついてきて、そんなことを言う。

「外から帰ってきて、玄関でドアを開けたら、全部丸見えで、お姉さんと園子からは不評なんだけれど。宅配便を持ってきてくれた人にも全部見られてしまうから。でもさ……、『外は敵ばかりで、家族は常に味方』っていう考え方もどうなのかな?……と思ったりもして」

正子は肩をすくめた。「家族を守る」というフレーズも、自分には合わない気がした。外の人は敵で家族は味方と考えると、背筋がぞおっとする。

「私は、この家、大好きなんですけれどね」

百夜がまた言った。

「ここに螺旋階段を作って、空間をわざと無駄にしています」

正子は照れ笑いしながら指差した。おそらく、衿子と園子は『屋根だけの家』を欠点だらけの家と捉えて、我慢しながら住んでくれている。だから、百夜とあぐりが家を褒めてくれるのはしみじみと嬉しい。

「二階へ行くのに、ぐるぐる回るって、楽しいじゃない」

あぐりが言う。

「お姉さんが見せても良いって言っているから、登ってみる？　私も、上に行くのは久しぶりなんだけれど……」

正子はベビーゲートを開けて、階段を上り始めた。

「由紀夫くんがいるから、正子ちゃんは一階で暮らしたいんですって。それで、二階と三階を私たちに譲ってくれたんです」

衿子が説明した。

「そうなの。ほら、赤ちゃんって階段から落ちてしまうことがあるらしくて、上の階に行くのが怖くなって。一歳くらいになると、自分で窓の鍵(かぎ)を開けてテラスから外に落下しちゃう、ってこともあるらしいんだよね。子どもの落下事故のニュースをよく耳にするからさ、びびっちゃって。ね、由紀夫は安全なところで動き回りたいよね」

正子が頷きながら、由紀夫に話しかけると、

「うぎゅ。むぬ」

由紀夫はにっこりした。

「ここが、今、私がベッドを置かせてもらっているところ」

みんなが上り切ってから、衿子が右手を広げた。

二階もほとんど仕切られていなくて、ワンルームのようになっている。

半年ぶりに正子は二階を見た。衿子はあまり物を増やしておらず、また、こまめに掃除をしているみたいで、以前よりもきれいになっている。

「わあ、すごい窓。夢みたいな窓じゃないの」

百夜が両手を組んだ。

天井に三畳分ぐらいのつるりとしたガラス窓が付いている。正子は、三階を屋根裏部屋みたいな雰囲気にしたかったので、三階を二階よりもかなり狭くした。それで、この部分の上は三階ではなく空になっている。窓が付いているのは壁ではない。天井に窓が付いているので、見えるのは空だけだ。寝っ転がりながら、空が見られる。雨天のときは雨が、夜には星の光が落ちてくる。

「そうでしょ」

正子は得意になった。

「でも、夏は暑いし、冬は寒いのよ。エアコンがあるけれど、私はエアコンって苦手で……。家にいながら空が見られるっていうのを面白がれる人もいるのでしょうけれども、私みたいな普通の人間には楽しみがたい」

衿子が肩をすくめた。衿子は今日もロングヘアをひっつめにして、白いシャツに紺色のフレアパンツという地味な出で立ちだ。

「一長一短なんですね。まあ、家って、『よくある形が一番住みやすい』っていうのは、聞きますよね。変わった形って、最初は面白くても、大抵は何かしらの住みにくさをのちのち感じてしまうことになる、って。でも、この窓を見て、私は、『いいなあ』って、本当に思います。住みにくさを凌駕しそう。雨風から守られている感覚がありながら、同時にこんなにも外を感じられるなんて、すごいなあ。これも、住んでいない者からの勝手な憧れなのかなあ」

百夜は、うっとりと夜空を見上げた。

「ねえ、このハンモックもすごいじゃないか。天井から吊り下げてるのな」

あぐりが、その天窓の横にぶら下げられたハンモックを指差す。

「そうでしょ。建築家さんが、造り付けのハンモックを考えてくれたの」

正子は胸を張った。

衿子や園子に新築の家を見せたときは、「正子ちゃんが建てた家なら」と特に悪口は言われなかったし、一緒に住むようになってからも、「立地もいいし、広くはないけれど四人で住める大きさだし」と褒めてくれていたが、こういった「壁なし」「螺旋階段」「天窓」「ハンモック」といった遊びの部分に対しては、「正子ちゃんが新築にはしゃいで失敗したことには目を瞑って、我慢してあげる」と思われている空気をひしひし感じていた。百夜とあぐりの底意まではわからないし、もしかしたら客としてお世辞を言ってくれているだけなのかもしれないが、「ほらみろ」「ほらみろ」「友人はわかってくれるんだよ」と正子は姉妹に対してちらちらと視線を送ってはにやにやした。

「あっちは、テラスになっているんですよ。良かったら、出てみてください」

園子が指差した。掃き出し窓を開けると、テラスに出られる。高い柵で囲ってあり、銀色のテーブルと椅子が置いてあって、天気の良い日には、ここでお茶を飲んだり、食事したりできる。茂と二人暮らしだったとき、日曜日のブランチをここで何度か食べた。しかし、今は衿子と園子がときどき洗濯物を干しているだけで、そういった使われ方はしていなかった。

「ああ、ここも気分が良さそう。今の季節なら、日曜日の夕方にここでビールなんて飲んだら最高でしょうね」

百夜がつっかけを履いて外に出ながらつぶやいた。

テラスの横にはトイレがある。

二階は、テラスがあったり、トイレがあったり、太い柱があったり、螺旋階段や吹き抜けがあったりするので、実際に生活に使えるスペースは決して広くはない。衿子が自分用として使用している面積は六畳程度ではないか。この部屋に衿子が持ち込んでいるのは、ベッドと、小さなチェストと、小さな本棚のみだ。ただ、窓が多いので感覚としては広く感じられる。光や風が吹き込む、この家の中では一番気持ちの良い階だ。

「三階にも行ってみますか?」

園子が誘った。三階へは、二階からハシゴで登る。

「ええ、もし良かったら」

百夜が頷き、

「お邪魔します」

あぐりもにっこりした。

「由紀夫を抱えてハシゴを登るのは大変だから、私はここで待ってるね」

正子が園子たちに向かって手を振ろうとすると、

「そしたら、由紀夫くんは私が抱っこしてここで待っているから、正子ちゃんは上に行ってきなよ。正子ちゃんは、あんまり三階に行けていないでしょう?」

衿子が手を伸ばして由紀夫を抱き取り、送り出してくれた。どうやら衿子は、園子とお喋りをしたり、園子の掃除を手伝ったりして、ときどき三階に上がっているらしい。

それで、衿子と由紀夫を二階に残して、正子と園子と百夜とあぐりの四人はハシゴを登った。

三階は屋根裏部屋のような造りで、天井が尖っている。小さな窓が三方に付いていて明るく、高さが十分にあるので、快適に過ごせるが、太い柱があって狭い。ここで、園子は布団を敷いて寝ている。

看護師の園子は、仕事では清潔に活動しているみたいだったが、家では怠惰に過ごしがちで、掃除は苦手だ。衿子よりも散らかして、ところどころに漫画や雑誌や人形や服が積んである。それでも、埃や汚れは目につく程ではなく、動線には物がないので歩きづらくはない。三階は余計なもののないただのスペースなので、すべて園子の部屋として使えているが、もともとが六畳くらいしかない狭いスペースだ。やはり暑さや寒さに強くない形状なので、エアコンが付いている。

「ちょっと散らかってますけど。でも、結構、楽しく暮らしていますよ」

園子は頭を掻いて笑った。園子は、白いTシャツにカーキのショートパンツというさっぱりした格好だが、短い髪をワックスで横に流し、月形の大ぶりのピアスを耳にぶら下げ、コットンパールのネックレスを首にかけている。仕事中はアクセサリーを身に着けないので、家に帰ってから、百夜と園子という同性の客のためにおしゃれをしたのだ。

「素敵ですね。天井が三角っていうのがいいです。屋根裏部屋って憧れましたよね。小さい頃に、『小公女セーラ』を観て」

百夜が昔のアニメのタイトルを出し、世代がかなり下の園子とあぐりにはまったく通じず、きょとんとされている。

「そう、そう。昔の少年少女ものの童話には屋根裏部屋が欠かせないんだよ。みじめっぽくて、秘密っぽくて、物語が詰まっていそうなんだよね」

正子も『小公女セーラ』は観ておらず、なんとなくのイメージしかわからないのだが、百夜が何を言いたいのかは大体摑めた。

「ここは、みじめじゃないけどね。さ、戻ろうか」

園子が言うと、

「ありがとうございました」

あぐりが園子に向かって頭を下げた。

順番にハシゴを下りていくと、

「どうだった？」

衿子が下で待っていた。

「うん、きれいだった」

正子がぴょんと最後の一段を飛び降り、

「どの部屋も素敵ですね。遊び心がいっぱいで」

次に百夜が下りてきて、

「遊び心なんて、いる？」

玲子が首を傾げた。

それから、ぞろぞろと螺旋階段を下りて、一階に戻った。

『屋根だけの家』は、階ごとに姉妹が分かれて暮らしているのだが、違う階に行くときには誰かの部屋を通らなければならないし、プライバシーをきっちり守れるような環境ではない。また、自分の部屋を、他の部屋と平等なものだと感じられるものにもなっていない。当たり前だが、最初から姉妹で住むことを想定していたら、こんな造りにはしなかっただろう。

正子は当初、夫と子どもと三人で暮らすことを想定していた。主に一階で暮らして、二階は夫婦の寝室、屋根裏部屋は子どもが大きくなったら子ども部屋にしたら良い、と考えていた。でも、夫と暮らしたのは、結局のところ、一年ちょっとだ。

「すごいなあ、お姉ちゃんは。こんな家を建てられたら、幸せだよね」

あぐりはダイニングテーブルに着いた。

「三十代で家を建てるなんて、正子は本当にかっこいい」

百夜は自分の持ってきた料理の紐を解き始めた。

「そうですよね。それだけのお金を得られたっていうのは、ラッキーゆえのことでも、まずは幸せに近づいたってことで、えらいかもしれませんね」

玲子が頬に手を当て、

「どんな家でも、持ち家があれば、老後の不安がひとつ消えるしね」

園子も頷いた。

そもそも、金持ちではない正子がどうして家を建てられたのか。

それは、宝くじが当たったからだ。

正子は高校卒業後に専門学校で彫金を勉強し、それから二年ほどフリーターをしたあと、Ｗｅｂ制作会社に正社員として入社し、営業職に就いた。

しかし、二十七歳で結婚を考えたときに、「ここでは、子どもができた場合に仕事を続けていくのが難しいだろうなあ。勤続五年にして未だにこの職種が自分に合っていると思えないし、たいした結果を出せていなくて会社に必要とされている感じもしないし、薄給だし」と考えて、いわゆる「寿退社」をすることに決めた。今どき、妊娠で退社を考える人はいても、結婚を機に仕事を辞める人は少ないので、周りには驚かれた。特に、百夜は怒ったみたいだった。百夜は、正子の元同僚、というか先輩だ。正子の働いていたＷｅｂ制作会社で、派遣社員として事務をやっている。「せっかくの正社員なのに投げ出すのはもったいないよ。男の人に経済的に頼るっていうのは、リスクが大きいよ。今すぐに辞めるのではなくって、子どもができたときに退職なり転職なりを考えた方がうまくいくと思うけどなあ。子どもにとっても、働いている親はプレッシャーをかけてこないから良いって聞くよ」と余計なお世話と感じられるようなところまで踏み込んできた。でも、茂が、「まあ、深く考えずに。しばらく、主婦っていうのを、やればいいんじゃね？　また、働きたくなったら働けばいいし。オレ、甲斐性あるよ。当分は食わせてやる」と胸を張ったので、正子は辞めてしまった。

それから一年ほど、生活費をまるまる茂に出してもらった。茂は大手生命保険会社に勤めており、同年代の平均よりは収入が良かった。

とはいえ、すぐに子どもには恵まれず、家事をしても時間が余ったので、正子は個人的な趣味としてアクセサリー制作を始めた。百夜の誕生日に椅子を模したイヤーカフと机を模したブレスレットをプレゼントしたところ、「正子、これ、お金をもらえる仕事だわ」と言われた。むくむくと「営業は駄目だったけれど、自分には別のところに社会と関われる才能があるかも」と夢が湧いてきて、やにわにインターネットショップの出店を決めたのだった。

個人の制作物を売ることができるスマートフォンアプリに登録し、それとは別にインターネットサイトも自分で手作りしてオープンした。初めて購入希望のメールが来たときは、仕事として人から認められたことを実感し、三十分ほどパソコンの前に突っ伏してむせび泣いたものだ。

でも、アクセサリーによる収入は、時給に換算すればファストフードのアルバイトで得られるものよりも少なく、人前で「仕事」と表現する勇気を正子はなかなか持てないでいた。

二十九歳のとき、ふと思いついて宝くじというものを連番で十枚買ってみた。そのうちの一枚が、一等の三億円を正子にもたらした。

嬉しかった。働かずに金を得たことを喜んでいいのかわからなかったが、少女時代に読んだシャーロット・ブロンテの『ジェーン・エア』の主人公も、亡くなった叔父から大金を相続したあと、まるで「経済力を持った女性」のごとく恋の相手との立場を逆転させて自らプロポーズしていた。相続で豊かになった人は、大概、なんの呵責も感じずに堂々としている。宝くじみたいに勝手に懐に転がり込んできた金でも、「経済力です」という顔で握りしめ、自信を持ってもいいのではないか。

「高額宝くじの当せんは、家族や親族に伝えない方が良い」という戒めは広く知られている。多すぎる金は人間関係を狂わせるらしい。正子はもともと家族などに自分に関する事柄をなんでも喋る性格ではなかったので、やっぱりすぐには伝える気にならなかった。コミュニケーション能力の高い人なら、相手を狂わせずに、ユーモアたっぷりにうまく伝えられるようにも思えるが、そのスキルを自分が持っているとは考えられなかった。

でも、「何かしら、茂とこれから生まれる子どもの為に使いたいなあ」ということだけは考えた。一年間、なんのモンクも言わずに養ってくれた茂には深く感謝していた。早く子どもに恵まれて、もっと幸せにしてあげたい。

それで、家を建てることにしたのだった。まず、インターネットで建築家を探した。自分と年齢の近い人の方が話しやすい、それに費用が安上がりだろう、と考え、近所に住む若手建築家を選び、会いにいった。

その建築家を気に入り、依頼をしたあと、茂に一戸建ての建築を決めたことを告げ、同時にその金の出どころは宝くじであることも教えた。「良いことだな。あぶく銭は、ぱっと使っちゃうのが良いよ。正子らしい、面白い家にしなよ。そこにオレも住むよ」と科白とは裏腹にちょっと苦い顔をしながら、同居を承諾した。茂は仕事が忙しかったので、その後、建築に関してほとんど茂に相談せず、立地や間取りなど、若手建築家と相談しながら、正子がひとりで決めた。

土地を購入し、家の建築が進み始めると、身近な人たちに建築費用のことなどをぼやかすのが面倒に感じられるようになり、宝くじを当てて一年ほど経ってから、姉妹に「高額宝くじに当たった」ということをそれとなく言った。

衿子は「労働からではないにしても、自分自身の運で引き寄せたものなんだから、自分の好きなことに使うのがいいよ。家が欲しかったのなら、それに使えて良かったね」と頷き、園子は「良かったねえ。でも、家を建てたあとも、二億近く残るんじゃない？　計画を立てないで持っているだけだと、いつの間にかなくなっちゃうものだと思うから、別の口座に貯金して、老後まで保てるようにするといいよ。できたら、投資とか保険とかも考えて、財形した方がいいよ」と言った。当時は存命だった父親は「やったな」とニヤリと笑っただけだった。正子は「なんだ、宝くじが当たったことで嫌な思いをすることなんてないじゃんか」と思った。

『屋根だけの家』は、三年ほどかけて完成した。壁をなくしたい、というのは、正子が若手建築家に一番最初に伝えたことだった。どうして壁をなくしたかったかというと、出会った頃の茂から、「正子には壁がある。もっと心を開きなよ。オープンマインドこそ、人生を切り開く鍵だ」と言われたことがあったからだった。確かに茂は、誰にでも同じ態度を示したり、友人知人をしょっちゅう家に連れてきたり、分けへだてなく心を開く人だった。悪口や陰口は決して言わず、誰とでも仲良くなれる。そして、嘘をつかない。そういう茂とは違う性格だという自覚があり、茂の心意気に好感を持っていたので、建築家に「テーマってお持ちですか?」と問われたときに、「壁がない家ってできますか?」という科白がするりと出てきた。「壁のない人間関係を築ける人になりたい」と思ったのだった。

「さあ、餃子を焼こう」

正子は手を洗い、バットにかけていたラップをはいだ。

「水餃子も作るんでしょう? 私、お湯を沸(わ)かすね」

園子が大鍋に水を入れて火にかけた。

衿子は由紀夫と遊んでくれ、百夜とあぐりは皿やグラスをダイニングテーブルに並べてくれた。

餃子は半分ずつ、鉄鍋で焼き、大鍋でゆでた。大皿に盛り付ける。

それから、ビールを五つのグラスに注ぎ、由紀夫にはアイスルイボスティーを淹れた。

「乾杯」

そう言い合ってグラスを合わせ、食べ始める。

「あ、小皿、行き渡っていますか？」

「醤油とお酢、ありますよ」

「ラー油はここです」

などと皿や調味料の瓶を渡し合うと、パーティー感が出た。

「私、お砂糖をひとつまみ混ぜたいです」

あぐりが手を挙げた。

「変わっているね」

くすくすと百夜が笑った。

「はい、あぐり。三温糖でいい？」

正子はあぐりに砂糖壺（つぼ）を渡した。

「餃子のタレに砂糖をひとつまみ、っていうのはさ、この前、『醤油講座』っていうのがあってさ……」

あぐりが語り始めた。

「え？　そんな変な講座、聴きに行ったんですか？」

園子は春雨を口に運ぶ。

「いや、そんな変な講座、行かなかったんです。こういう講座があります、っていうポスターを見かけただけなんです。澄ました顔のおじさんがホールで二時間ほど醤油について話す講座のようでした。私、醤油の話なんて、人生の貴重な二時間を使って聴いてらんないな、って。ただ、そのポスターの隅に、『餃子のタレに砂糖をひとつまみ。こんな工夫をもっと知りたくありませんか？』って添えられていたから、なるほど、って思ったの。それで今、初めてやってみたんだけど、確かにこのタレ、おいしいな」

あぐりは砂糖入りのタレに焼き餃子を浸してかじった。

「醤油で二時間かあ。何を喋るんだろうね」

百夜が首を傾げる。

「みなさん、醤油というものが、どこから伝来したか知っていますか？」

「え？」

「え？」

みんながまごつくと、

「実はギリシャなんです。シルクロードを通って、はるばるやってきた黒い水。昔はウイスキーよりも高価だったんです」

講演会風の口調であぐりが喋り始めた。

「はあ」

正子は相槌でもため息でもない曖昧な声を出した。

「みなさん、醬油の『油』とはなんだと思いますか？　物の名前には理由があります」

「確かに、なんで油なんだろう。油っぽくないよねえ」

「醬油が中国を通ったときに、ごま油と混同されたんですね。言葉も混同されてしまったんです」

あぐりはぺらぺらと喋り続ける。

「はあ」

正子は適当に頷いた。

「醬油で染物をしてみましょう。大きな鍋に醬油をたたえて沸騰させます。白い布を浸します。それから取り出し、何度も水にくぐらせます。みなさん、布は何色に染まっていると思いますか？」

あぐりは滔々と喋り続ける。

「黒」

　百夜は優しい。

「実は、ピンク色に染まるんです。不思議ですね。醬油はギリシャにいた頃に見たクレタ島のピンクの砂浜の記憶から、こんな色に布を染め上げるのかもしれません」

　あぐりは自分の言葉に酔ったように、うん、うん、と何度も頷いた。

「そうなんですか？」

　真に受けたらしい園子が聞くと、

「いや、すべて出鱈目です。私は醬油の知識がゼロでして、全部想像で喋りました。でも、醬油だけで二時間持たせるなんて、到底できっこないんですから、おじさんも口からでまかせで、大体こんな感じで喋ったんじゃないですかねえ」

　あぐりは頭をかいた。皆は笑ったが、すかさず衿子が諭した。

「あはは。でもね、本当は、日本の醬油は日本で生まれたんですよ。安土桃山時代の資料に、醬油という言葉が出てくるんです。味噌を作ったときの残り汁を舐めてみたらおいしくて、そこから始まったんじゃないかという説があります。醬油の種類の基本は、白、淡口、濃口、再仕込、溜の五種ね。作り方が違うんですね。実は、イメージに反して、溜よりも淡口の方が塩分が強いんです。種類によって、料理に合う合わないがあるから、本当は使い分けた方がいいんですよ。……これは全部、本当です」

「うわあ、物知りなんですねえ」

あぐりが感心する。

「あー、うーん。お姉さんは市役所で働いているからさ、人間として立派なんだよ」

正子はいやみを言った。

「衿子さんは、公務員でいらっしゃるんですね。どのようなお仕事なんですか？」

百夜が水餃子を小皿に取る。

「市役所の地域福祉課っていうところで、ソーシャルワーカーをしています」

衿子は箸を置いた。公務員は憧れられると信じている衿子は、いやみには気がつかなかったようだ。

「ということは、生活保護の申請とか？」

あぐりは春巻きをぱりぱり食べる。

「そう、そう。生活保護の申請の手助けをしたり、受給者のお家を回って生活ぶりをチェックしたり、アドヴァイスしたり、といったことをしています。私が仕事で毎日会っているのは、〝かわいそうな〟人たちですよ。〝社会の底辺〟の方々ですね。あんな風になってしまったら終わりですよ。こんな風にならないように私も気をつけないと、って思いながら仕事をしています」

衿子は答えた。

「え？　困っている人を助けたくて公務員になったんじゃないんですか？」

　あぐりは春巻きを食べるのを止めて、ぽかんと口を開けた。

「公務員は派手な仕事ではないですが、安定という魅力があります。まずは自分が他人に迷惑をかけない人にならなくちゃ。私はそう思っています。私が大卒後に公務員になったとき、父も母も喜んでくれたんですよ。なんの取り柄もない娘だったけれど、それだけは親孝行できたかなって……。普通に生きて、迷惑も心配もかけなかったから。生活保護受給者の家族は、とても悲惨ですよ。本当は、社会に頼らず、まずは〝血の繋がった家族〟の中で助け合えるといいんですけれど。誰かが何か失敗してお金を失うと、家族の絆ってぼろぼろ崩れてしまうみたいです。でも、私だって、この先は、いつ、何でつまずくかわからないですから、明日は我が身と気を引き締めているんですよ。正子ちゃんや園子ちゃんに迷惑をかけたくないから」

　衿子は真面目な口調で喋った。

「そっか、勘違いしていました。公務員になりたい人って、社会に奉仕したい人なのかな、って。それに、生活保護の受給者って、べつに底辺ってわけじゃないと思うけどな。同じ社会で生きる、同じ社会人ですよ。〝かわいそう〟だから助けるっていう考え方、どうなんだろう？　そんな風に受給者を下に見て、いいんですか？」

　あぐりは首を傾げる。

「お知り合いに、そういう方がいるの？　ごめんなさい、生活保護の人を悪く言おうと思ったわけじゃないんだけれど、私が会っている方たちは、本人の責任で悪い状況に陥（おちい）っちゃっている人も多くて、しかも、親身になって注意してもなかなか生活を立て直してくれないから、もっと計画立てたらいいのに、他人から助けてもらっているっていう感謝の気持ちをもっと強く持ったらいいのに、って、つい……」

衿子は眉毛を上げて、そう言った。

「ううん、知り合いにはいない。でも、生活保護を受けている人を見下したら駄目だよ。それに、本人の責任かどうかなんて問うたらいけないと思う」

あぐりは敬語を止めてしまった。衿子は眉根を寄せて黙った。

「まあ、まあ。……お姉さん、あぐりの言うことは気にしないで。いつもこんな感じのキャラなんで、スルーして」

正子は適当なことを言って場を収めた。

「確かに、公務員は安定していて、今、一番人気の職業ですよね。私は、派遣で事務をやっているから、親には心配をかけているかもしれませんね」

百夜が衿子にフォローを入れた。

「私は、看護師なんだ。終末医療に携わっている」

園子も敬語を止めた。

「わあ、立派なお仕事。きっと、とても大変だよね」

あぐりが園子の方を向く。

「そうだね。精神的にきついときもいっぱいある。でも、単純に肉体のつらさもあるなあ。三交代制で、睡眠不足になりがちなのも、普通につらい」

園子は肩をすくめて笑ってみせた。

「わかる。日によって寝る時間がばらばらになるの、つらいよね」

あぐりが、うん、うん、と深く頷いた。

「え？　あぐりちゃんも三交代制なの？」

園子は春雨に手を伸ばしながら尋ねた。

「うん」

あぐりが頷く。

「どういったお仕事？」

衿子が尋ねると、

「工場勤務だよ。ライン作業」

あぐりはにっこりして、また春巻きをぱりぱり咀嚼（そしゃく）した。

三　ヒエラルキーの下の方にいる人は本当に不幸せなのか

それから、あぐりと百夜は『屋根だけの家』に居着いた。

毎日、畳スペースで、正子と由紀夫とあぐりと百夜が布団を並べて眠っている。

餃子を食べた夜、二人は順番にシャワーを浴び、そのあと畳に布団を敷いて、由紀夫と戯(たわむ)れながらすんなり眠った。翌日、百夜は朝、あぐりは昼過ぎに出勤して、それぞれ夕方と夜に「帰って」きた。帰ってくるなんて思っていなかったから、もちろん正子はびっくりした。でも、「お帰り」という挨拶はすんなり出てきた。二人して帰ってくるということは、二人の間でこうすることにしようという相談があったのだろうか。それはわからない。ただ、驚きつつも、正子は二人が『屋根だけの家』にいることが嫌ではなかった。むしろ、嬉しいと感じている自分の心を見つけた。

「ねえ、ちょっと散歩に行かない？　お昼ごはんの食材を買いがてら」

土曜日の朝、衿子が正子を誘った。あぐりと百夜が一週間以上も家にいる。そのことで話があるのだろう、と正子は察した。

「うん、由紀夫も連れていっていい？」

正子が尋ねると、

「もちろん。ゾウのいる公園にも寄ろうか？」

衿子が答える。

「わあ、良かったね、由紀夫。さあ、お散歩に行くよ。天気がいいからね、嬉しいねえ、抱っこするね」

正子は由紀夫用のストローマグに麦茶を入れて、カバンを肩に掛けてからしゃがみ、由紀夫に向かって両手を開いた。

「うる、うる、うる」

由紀夫はにこにこしてやってきて、正子に抱きついた。

その由紀夫をベビーカーに乗せ、玄関を出る。

「この家に来て、私はもう半年以上になるね」

先に準備をしてドアの外に立っていた衿子が『屋根だけの家』の外観を仰ぎながらつぶやいた。

家は上から下までグリーンの屋根材で覆われている。化粧スレートという屋根材で、つるりとした印象だ。遠くから見たら、宇宙から降りてきた円盤にも感じられるかもしれない。

三階建てなので三列の窓がついていて、二階の部分の左側には支柱で支えられたテラスが張り出している。

「うん、よく住んでくれたね。こんな、変な家に。ありがとう」

正子は礼を言った。正直なところ、衿子を疎ましく思う瞬間が日々の中に紛れ込んでくるのをこの頃感じていた。餃子の会の気まずい空気のことを思い出す。でも、逆に衿子の方が正子を疎ましく思う瞬間もあるに違いないのだ。それでも正子と一緒に住もうと思ってくれて、正子や由紀夫に対して細々とした優しさを示してくれている。だから、この疎ましさが今後増していったとしても衿子に対する感謝が消えることは決してないだろう、と正子は思う。たとえこの生活が終わっても、感謝は残る。幼い頃からよく知っている衿子の撫で肩のラインや、下手なブローで変な形になっているが豊かで美しい髪の毛を見ていたら、目頭が熱くなった。でも、こんなどうでもいい会話の途中で泣き出すのはおかしすぎるから、ぐっと堪えた。

「面白い家なんだよね。私には、こういう家を面白いと思える感性を持つのがどうも難しいんだけれど」

そんなことをもそもそ言いながら、衿子は歩き出した。

「出発進行」

　正子は由紀夫に向かって合図し、ベビーカーを押した。

　家から歩いて五分ほどで、大野川（おおのがわ）という小さな川に着く。

　川沿いには桜の木が植わっていて、四月には花見客で賑わう。衿子と園子と正子と由紀夫も、先月頭の日曜日に芝生の上にレジャーシートを敷き、弁当を広げて食べた。夜勤明けの園子は眠そうだったが、「桜の薄いピンクが目にぼやけてかえって良い」なんて言って、花びらが水面に溜まってシワが寄るのを楽しんでいた。

「あの……、お友だちのことだけどね」

　衿子は言いにくそうに話し始めた。

　今や、すっかり葉桜になり、『屋根だけの家』の屋根みたいな深緑色に川は縁取られている。アメリカシロヒトリがふわっふわっと、まるでＵＦＯのようにときどき空中に止まりながら、空気を切って飛んでいく。

「うん、百夜とあぐりが、長居しちゃって、ごめんね。でも、気を遣うような相手じゃないし、お姉さんは、いつも通り過ごしてね」

　正子は軽い調子で返した。

「あれ？　正子ちゃんは、百夜さんとあぐりさんに出ていって欲しいわけじゃないの？」

「え？　私は出ていって欲しくない」

「正子ちゃんは、人に流されるところがあるから……。もし、本当は出ていって欲しいのに言えなくて、居着かれちゃって困っているんだったら、私からあの二人にそれを伝えることもできると思ったんだけれど」

衿子はベビーカーの隣を歩く。

「確かに、常識を逸した行動をあの二人はしているわけだけれど、私は嫌じゃないんだよね。つまり、私も常識がないのかも。あははは」

「あー、うー」

由紀夫はひとりで喃語を喋りながら、流れる景色を見ている。

「私は、もう少し、あの二人に家にいてもらいたいな、って思っているの。百夜は色気があって和むし、あぐりがいると座持ちするし。一緒に暮らすと楽しいな、って感じている。それに、うちにいるのには、理由があるんじゃないかな。それぞれに、何か悩みがあるんだと思うの」

正子は続けた。

「悩みがあるとしたって、それは本人が解決しなきゃ。正子ちゃんが気をまわして助けてあげる必要はないのよ」

衿子は正子を諭した。

「あー、うーん」

「百夜さんとあぐりさんはどちらも美人だけど、百夜さんは派遣社員で、あぐりさんは工場にお勤めなんでしょう？　お金にお困りなのかな」

「さあ？」

「小学校でも中学校でも高校でも大学でも、教室にいると見た目の良い子がヒエラルキーの一番上にいたよね。私みたいなのは最下層にいて、地味な子同士で友だちになって暗い青春を送って、ヒエラルキーの上の方の子たちから見下されていたよね」

「あれ？　そうだった？」

正子は首を傾げた。

「『そうだった？』って何が？」

衿子が質問を返してくる。

「私、ヒエラルキーがあるなんて気がつかなかった。確かにさ、この頃、『スクールカースト』とかいう言葉をよく聞くし、昔、学校の中に階層があるように感じていた人、あるいは今、そんな風に感じている子どもが、いるんだろうな、というのは想像がつくんだけれども。私自身は、それを意識したことって一度もない」

正子が正直なところを言うと、

「あはははは」

衿子は笑い出した。

「あはっあはっ」

　由紀夫もつられて笑う。

「何がおかしいのさ」

　正子が憮然（ぶぜん）とすると、

「だって、あんた、私とおんなじ、地味な顔立ちだよ？　ヒエラルキーの下の方にいて、上の方にいる人から見下されていたと思うよ」

「そうだとしてもさ、べつに、見下されていても構わなくない？」

「いや、構うでしょ」

「なんで見下されるのが駄目なの？　暴力を振るわれたり、悪口を言われたり、実害があるなら、そりゃあ、抵抗するよ。でも、人権が脅（おびや）かされるほどのレベルじゃなくって、誰かからちょっと下に見られている気がするとか、自分の居場所がヒエラルキーの下の方にある感じがするとか、それぐらいのことだったら、私はべつに、構わないけどな」

「なんでよ？　見返したいでしょ？」

　衿子は眉根を寄せた。

「そういう気持ちが私にはない。そもそも、私はヒエラルキーがあるってことに気がついていなかったし。大体、お姉さんの感じていたそれって、見た目での区分けなんでしょう？　私は、見た目が悪くてもいいもん。他人からそう思われたってなんともない。他に自信がある部分がいっぱいあるし、見た目での勝負なんて気にせず、他のこと考えたい」

「ふうん」

「手先が器用、だとか、センスがいい、だとか、私の良さは他にいろいろある。自信のある分野においては、昔から周りの子に尊敬してもらえていた気がするよ。美人の子にも『いいなあ』って持ち物のこととか、センスのこととか、褒められた。そう、そう、私は小学校の頃から、よく美人な子と友だちになった。でも、地味な感じの友だちもいたし……。だから、そのヒエラルキーっていうのがあったとしても、私の場合は、特定の階層の人とだけつき合ってはいなくて、渡り歩いていたのかもしれない。あと、私は面食いだから、可愛い子を見かけたら、自分から声をかけていたしねえ」

正子は幼少時代から青春時代までを思い出しながら喋った。あぐりや百夜とだって、正子の面食いによって関係が深まったのだ。

「私、忘れもしない。小学校の入学式の朝、教室の自分の席に座ってどきどきしていたとき、ある男の子が急に私の側に来たの。上村(かみむら)くんっていう名前だった。私の髪の毛をぐいっと引っ張って、『見ろよ。こいつ、フケが付いている』って言ったの」

衿子は鉄の柵に手をかけて立ち止まり、昔話を始めた。

「うわあ、嫌な思いをしたね。お姉さん、つらかったね」

正子は同情して、鉄柵の隣に立った。由紀夫は川をじっと見ている。

「いやーな気分だった。でも、そういうとき、私は泣くことはできなくて、ただ、固まってしまう子どもだった。だから、上村くんに髪の毛を引っ張られたまま、じーっと座っていた。周りの子は、まだ一年生だし、『フケ』って言葉もわからないぐらいだったみたいで、ぽかんとした顔をしていた。しばらくしたら上村くんは行ってしまったんだけど、今でもその情景をはっきりと覚えているし、丸刈りで色黒だった上村くんの顔立ちも忘れない。その頃、お母さんは、正子ちゃんをもうじき出産っていう時期で大変だったから、『自分で髪の毛を洗えるね』『自分で髪の毛をとかせるなら嬉しいなあ』って私に言っていて、私は自分で髪の毛を洗ったり櫛でとかしたりしていて、でも七歳でうまくできなかったから、本当に髪の毛は汚かったのかもしれない。結んだり編んだりもしたかったんだけれど、自分では難しいから、長めの髪を下ろしていたし」

「そうか、ごめんね」

「いや、正子ちゃんは、お腹にいただけなんだから、何も悪くないでしょう?」

　衿子は笑った。

「うん。でも、お姉さん、相当つらかったね。本当は、髪の毛、きれいなのに」

　正子は目を伏せた。由紀夫は鉄柵から伸びている蔦の葉に触ってにこにこしている。

「上村くんは、そのあとも、ことあるごとに、『フケが付いている。きたねえ』だとか、『ブス』だとか、私に言ってきたんだよね」

「そうか、ものすごく嫌だね。それは本当に嫌なことだよ。完全なる悪口だし、人権が脅かされているから、抵抗できたらいいけど……。とはいえ、小学一年生だったら、抵抗するっていうのも、なかなか難しいよね……」

　正子にも学生時代に「ブス」という悪口を言われた経験はある。「フケ」はともかく、「ブス」は多くの人が言われた経験を持っているに違いない。「ブスという自覚を持ち、美人に良い席を譲って、隅っこに行け」という圧力は確かに教室に充満していたな、と思い出す。でも、正子の場合のそれは大きくなってからのことだったので、「言う方が間違っている」と思うことができて、決して隅っこには移動しなかった。

「うん」

「ただ、それはむしろ上村くんがヒエラルキーの一番下になることを表明したってことにはならないかな？」

　正子は、そう言いながらも自信はなかった。群衆の冷たさを知らないわけではない。

「え？　なんで？」

　衿子は聞き返す。

「だって、そんなこと言う子、みんなから嫌われるでしょう？」

　正子は静かに喋った。

「そんなことないよ。私が嫌われるよ。〝意地悪な男の子〟より、〝汚い女の子〟の方が格下だよ」

　鉄柵に手を置いて、川を見つめたまま、きっぱりと衿子が言う。

「うーん……。まあ、確かに、小学校ってそいういう社会かも。自分ひとりで悪口を言う勇気はないくせに、同調するだけだったら怖くないもんだから、積極的ないじめには参加しなくても、『そう、そう』って、みんなで叩いてくるよね。でも、お姉さん自身は、『自分よりも、上村くんの方が駄目だ』って思わなかった？」

「いや、私は汚いから下なんだって思った。上村くんは上だ、と感じた」

「そうかー」

　正子は唸った。

「まあ、その上村くんと一緒のクラスだったのは一年生のときだけだったんだけどね。でも、他の男子からも、高学年になるまで、容姿の悪さとか、性格の暗さとかで、ちょくちょくからかわれたなあ。中学、高校では、男子と接することがほとんどなくなったけれど、その代わりに、女子から嫌われ始めたと思う。お化粧やファッションであいつらの価値観に迎合するのは癪に障ると思ったから、お化粧もおしゃれも一切せず、とにかく勉強して、いつか見返してやるって、執念で真面目に生きてきた。今、それが叶ったんじゃないかな。こつこつ努力する人が、長い目で見たら、美人に勝つんだよ。大人の社会においては、将来の見えない派遣社員や低収入の正社員より、安定している公務員の方が、ヒエラルキーの上の方になるでしょう？」

　衿子は川面から視線を動かさない。

「あ、猫だ」

　正子は指差した。川べりに下りるための階段の踊り場で猫が日向ぼっこしている。ここは猫の特等席で、いつ来ても何かしらの猫がいる。よく見るのは、大きい白猫と小さい三毛猫なのだが、今は白猫だけがいた。

「猫さんだ、ニャーニャ。由紀夫くん、わかる？」

　衿子が屈んで、ベビーカーを覗き込んだ。

「ねね、ねね」

　由紀夫がつぶやいた。

「そうだよ、ねね」

　正子は頷いた。由紀夫は、猫も犬も兎も、小型の動物のすべてを「ねね」と呼ぶ。子どもが発音し易いのでは、と思って、最初の頃、正子は猫を「ニャーニャ」、犬を「ワンワン」と由紀夫に教えていたのだが、なぜか由紀夫は「ねね」と言い出した。「猫」という言葉を「ねね」と聞き間違ったらしい。

「可愛いねえ、ねね。……いいなあ、猫は。毎日、ここで日光を浴びるだけで、焦りもなんにも感じないんだものね。私だったら、『こんなところにひとりで座っているだけで、勉強も貯金もせずに過ごすのは、無駄な時間なんじゃないか』って、おちおち浴びていられない」

気持ち良さそうに目を細めている猫を、衿子は羨ましがる。

「そうだよね。私も、由紀夫が生まれてからは、無駄な時間は過ごしたくない、って思うようになっちゃった。五分でも暇な時間ができたら『今のうちに掃除しよう』『生協の注文しよう』って焦っちゃう。でも、生き物はこんな風に陽の光を浴びるだけで幸せになれるんだから、幸せになりたいんだったら、のんびりした時間を過ごした方がいいんだろうね。猫には教わるね」

正子は頷いた。

「話、戻るけどさ。『マウンティング』とかっていうのも、あるじゃない？　他人より上位に立とうとする人がいる、って」

猫を見つめたまま衿子は続けた。

「うん、うん。それも、私はよくわかんないんだよね。優位に立ちたい人は、勝手に私を見下して優位に立っていればいいんじゃない？　こっちは、見た目とか、夫の有無とか、夫の社会的ランクとか、子どもの有無とか、生活レベルとかで、勝負する気ないもん。まあ、たとえば、今はアクセサリー作りを頑張っているから、アクセサリーのことで順位付けされたら嫌な気分になるかもしれないけど、『容姿のランクが下』とか、『女性として下』とかって思われるのは、全然気にならない。でも、そういう勝負をしたい人がいるっていうのはわかるよ。頑張って『良い夫』と結婚した人とか、ダイエットとか化粧とか頑張っている人とか、すごいな、えらいな、って感じるし、そういう人が私をダシに良い気分になれるのだったら、どうぞ、どうぞ、って思う。私より上に立ってくれて、構わない」

正子は、ネットニュースなどで「マウンティング」という言葉を見かける度に「どうして怒ったり傷ついたりするんだろう」と不思議だったので、常々思ってきたことを口に出してみた。

「へええ、そうなんだ。私とは考えが違うね。見た目だとか、伴侶だとか、子どもだとかは、自分自身の本当の努力とは関係のない、天から与えられたものだと思う。運っていうかさ。それを自分のことのように思って自信を持つのって変じゃないかな？　人間は、自分自身の努力によって成し遂げたことで自信を持つようにしなきゃ」

玲子は言った。

「あー、うーん。……さあ、行こっか」

猫から離れて、また正子はベビーカーを押し始めた。

「ねね、バイバーイ」

玲子が猫に向かって手を振って見せるが、由紀夫はどこ吹く風で、ねね、とも、バイバイ、とも言わない。すぐに、前を向いてしまった。由紀夫は最近になってやっと「バイバイと言われたら手を振る」ということを覚えたのだが、必ずやるわけではなくて、打率は三割と低い。他にも、名前を呼ばれて振り返ることもあれば無視することもあり、「まんまだよ」などの声がけにも反応したり無表情のままだったり、気まぐれだ。由紀夫にとってコミュニケーションというのは何かを言われたら必ず返すものではないのだ。

「ふふ」

正子は由紀夫の無表情を笑った。

「面白いよね、一歳児って。私も、子どもを持てるように頑張れば良かったのかなあ。でも、正子ちゃんみたいに、ひとりで育てることになっちゃったら、つらかったり、大変だったりするよね？　私は本当に、正子ちゃんがかわいそうで……。男の人はいいよね、あと先考えないで作るだけ作って、都合が悪くなったら離れられてさ」

衿子はベビーカーの隣を歩く。

「あー、うーん。〝かわいそう〟。……そうかな？」

正子は、その衿子の艶（つや）やかなロングヘアが陽の光を浴びて輝くのを見ながら、最後にやっと、疑問を絞（しぼ）り出した。

「『そうかな？』って、何が？」

衿子は聞き返す。

「あのう、私の元夫の茂くんはさ、結婚前から子どもを育てる夢を語っていたんだよ。離婚の話し合いのとき、『本当は子育てをしたかった』って泣いていた。今も、もっと頻繁に由紀夫と会いたいと思っているはず。『育児をせずに済んでラッキー』なんて、思っていない。男の人だって、子どもに対して深い愛情を持っているよ。自分の子どもと別々に暮らすっていうのは、かなりきついことだよ。でも、他に好きな人ができちゃって、私とは一緒に住めないって気持ちになっちゃって……。離婚を決めたときは、きっと、自分でも予想だにしていなかった状況で、泣く泣く別れたんだよ。それに、私にしてもさあ……。私は確かにつらいことや大変なことも味わっているけど、由紀夫が生まれたことは絶対的に良かったことで、由紀夫ができる前に茂くんと別れられた方が幸せだったとは決して思えないの。伝わりづらいことなのかもしれないけど、私、今、本当に幸せなの。離婚は悲しいことだったけど、由紀夫が生まれたことはものすごく嬉しいことで、由紀夫と出会わせてくれた茂くんに感謝しているというのは嘘偽りのない本当の私の心なの。だから、お姉さんの今の科白には、同意しかねる。というか、これまでも度々、お姉さんと園子ちゃんと二人して、私のことを『かわいそうだ』と言ってきたけど、私はいい大人だし、離婚は大変でも、決して〝かわいそう〟ではないと思う。自分の判断で結婚して、自分の判断で別れたんだし」

正子は、ひと息で喋った。

「でも、妹が不倫されたら、かわいそうって思うの当然じゃないの。捨てられたんだよ」

衿子は声をひそめる。

「『捨てられた』？」

「正子ちゃん、自分ではわからないかもしれないけれど、騙されたのよ。これは、言わないでおこうと思ってたんだけれど、言っちゃうとね、私と園子ちゃんは、正子ちゃんが結婚を決めたときから、『危ないよねえ』って心配していたんだよ」

「なんでさ！」

かっときて、つい正子は大声になった。

「ふぇ……」

声にびっくりして由紀夫が泣きそうになると、

「あ、ごめんね、由紀夫くん。おばさんがお母さんに余計なことを言ったから、お母さんが大きな声を出しちゃったの。おばさんが悪い。ごめんね」

さっとしゃがんで、衿子が由紀夫の頭を撫でた。

「なんでさ」

もう一度、今度はボリュームを抑えて、正子は言った。

「なんでって、あのさ……。茂さんって、イケメンだったじゃない？」

衿子は由紀夫に聞こえないように声をひそめた。

「確かに、顔がかっこいいよ」

正子は認めた。

「だからさあ、正子ちゃんは面食いだから、騙されているんじゃないかな、って」

「騙されてはいないよ。ただ、茂くんがかっこいいから好きになったというのは本当だよ。私は、美人やハンサムが好きだ。顔を見ていると楽しい気分になるし」

「こんなこと、由紀夫くんもいるときに言うことじゃあないけれども、正子ちゃん、学生時代から、しょっちゅう騙されていたよね？　イケメンに都合のいい女にされてきたでしょう？」

「都合のいい女になんてなっていないよ。確かに、よくイケメンを好きになっていたし、つき合っているはずなのに二ヶ月に一度しか会ってくれない謎の男だったり、途中から二股をかけられたり、いろいろ変なつき合いをしてきたけれど、好きじゃないのに振り回されたことは一度もないよ。そもそも、こんな私が、イケメンと一回でもセックスできるのはラッキーじゃん。恋愛市場において自分のヴィジュアルの価値が低いのを踏まえて、それでも自分には見た目の他に長所があるのを知っているから、それを武器に果敢にイケメン相手にコミュニケーションを図ってきたんじゃん。結局、どの男の人ともつき合い続けられなかったから、そりゃあ、残念ではあるけれど、でも、好きな人とセックスまで持ち込むというのを何度もやれて、私はラッキーだった。必ずコンドームを付けさせたよ。避妊しないでセックスしたことは結婚するまで一度もなかった。本当はやりたくないのに流されてやっちゃったとか、お酒で酔っ払ってやっちゃったとかってことも一度もない。『好きな人と、自分がやりたいタイミングで、自分で決めたやりたいことだけをした』『だけど、それを長く続けられなかった』っていうだけなのに、どうして『騙された』だの、『捨てられた』だのって言われないとならないのさ。容姿の悪い男の人が美人とやりまくっていたら、長くつき合えていなかったり、結婚がうまくいっていなかったりしても、『かわいそう』なんて言われないのに、女だけそんなこと言われるの、腑に落ちないなあ。男の人だったら、『都合のいい男にされて、かわいそう』じゃなくて、『お前みたいなのが、美人とやれて良かったな。いい思い出ができて良かったじゃん』だよね」

正子はまた息継ぎをせず、早口で喋った。

「あ、ほら。わんわん。……人が来るから、小さい声にしたら？」

ひそひそ声で衿子がなだめた。向かいから、犬を散歩させているおじいさんが歩いてくる。耳の垂れた茶色い犬を連れている。

「ねね」

やはり由紀夫は猫も犬も一緒くたにしている。

「恋愛欲や性欲があるんだったら、『都合のいい女になりたくない』『美人と同じように扱われたい』って、かたくなになって、セックスの楽しみ方もわからないまま年取っていくより、私はずっと、面白い人生を過ごせていると思う」

正子はいやみを言った。

「そんな、性的な言葉は控えた方が……。由紀夫くんもいるのに」

衿子はさらに声を落とす。

「由紀夫にだって、ゆくゆくはセックスのこと、きちんと教えるつもりだよ。相手の同意を得なくちゃいけないとか、必ず避妊をするとか、ちゃんと伝えるには、セックスって単語だって発しないといけないじゃないの」

正子は音量を下げなかった。

「はあ。性を軽く扱うのね。そんな風に、男の性欲を簡単に満たしてあげていいのかな？もっと女性の誇りを持って生きないと」

衿子は遠くを見た。

「あのさあ、男の人を常に加害者側と認識して、女性を常に性的に搾取される側として扱うのは、むしろ、女性という性を軽んじていると思う。かっこいい男に積極的に関わって、自分の性欲を処理している私が、女性蔑視をしている側のように思われるのは心外だ。私は自分に性欲があるときに、相手も性欲を持っていたらラッキーと思って男性と関わってきただけだよ。私はむしろ、自分が加害者にならないように気をつけているくらいなのにさ」

正子も川の先を見た。橋がかかっていて、その橋を渡るとスーパーマーケットがある。スーパーマーケットの屋根の上には、美しい青空が広がっている。雲はぽつぽつと二、三個浮いているだけだ。

「でも、男性の方が力も性欲も強いのに」

衿子は顔をしかめた。

「力も性欲も弱い男だっているし、決めつけるのはどうかな。……とにかく、添い遂げられなかったのは悲しいけれど、数年でも、かっこいい茂くんと、一緒にごはんを食べたり、同じ布団で寝たりできて、私は本当に幸せだった」

橋を渡りながら、正子は言った。

「あのさあ、茂くんをかっこいいって言うけども、顔だけでしょう？　性格は、かっこ良くないいんじゃないの？　上っ面に騙されて、性格を吟味できなかったんじゃないの？　認めなよ。それは恥ずかしいことじゃないよ、若かったんだし、女なんだから男に翻弄されても仕方ないいんだから」

衿子も橋を渡る。大きな車道なので、びゅんびゅんと車が通っていく。

「性格が悪いところも好きだったんだよ」

「何よ、それ」

「顔が良ければ、性格なんて悪くたっていいじゃない」

ぱしっと正子が言うと、

「正子ちゃん……。よく言えたね」

衿子が讃えた。

「何がさ？」

正子はいぶかしんだ。

「正子ちゃんは、これまで、私が何か言うと、『あー、うーん』ってお茶を濁してばかりで……。ああ、私と腹割って話す気はないんだなあ、って寂しかったんだよ」

川から離れ、石畳の歩道を歩いていく。

「そうだね、ごめん。うん、これからは、お茶を濁さずに、思っていることを言うことにする。きちんと、お姉さんとつき合う」

正子は反省した。

「うん」

二人の意見は平行線のままなのだが、衿子はにっこりした。

「あのさ、私はお姉さんと同じく、顔が地味で、性格は真面目でルールを守りがちで、行動は大人しめだ。恋愛はよくしたけれど、その彼に他に彼女がいるみたい、とか、他に好きな人がいるらしい、とかってことがわかったら、すぐに身を引いてきた。ライバルと争ったことは皆無だ。派手な恋愛沙汰を起こしたことはない。でも……、それでも、私は常識人ではないんだと思う。周りの人の常識のなさに苛立たないし、かえって面白いと感じてしまう。美人や変人が好きなんだ。たぶん私の考え方は、世間の多くの人の共感を得られない。だから、お姉さんが望むような妹にはなれない。常識を逸した価値観で家を建てたり、常識にとらわれない友人や恋人に囲まれたりしてしまう」

正子は低い声で言った。

「うん」

衿子が頷くと、スーパーマーケットに着いた。

正子が籠を持つと、衿子がベビーカーを押すのを代わってくれる。

「豆苗を買おうか」

「いいねえ」

豆苗と鯵とチーズでソースを作って、パスタと和えて食べようと話し合う。野菜や魚を籠に入れ、ついでにアイスキャンデーも買うことにした。園子と百夜とあぐりの分も含め、五本選ぶ。由紀夫はまだ食べられない。

精算したものをエコバッグに詰めて、スーパーマーケットを出る。また橋を渡り、川沿いを歩く。

「最近、小津映画にハマっていてねえ」

そんなことを衿子が喋り始めた。

「小津映画って、小津安二郎のこと？」

「そうそう」

「お姉さん、ああいうの好きなんだ？」

「なんかね、スマートフォンで見られる動画配信サイトがあってさ、見逃したドラマが観たくて月三百円の契約をしたんだけどね、そしたら、小津映画はタダで観られるっていうの」

「ほう」

「まあ、本当は私、ドラマティックな洋画の方が好みではあるんだけど、タダだしって思ってトライしてみたの。そしたら、小市民の日常生活を丁寧に描くだけっていう作品も、面白く観れたわ」

「それさ、小市民っていうけどさ、上流階級だよね」

正子は指摘した。

「あ、そうかも。会社の管理職みたいな人とか、大学の研究者みたいな人とか、登場人物はそんなのばっかり。娘の結婚を描く作品が多いんだけど、結婚相手は、いい大学を出た医者とかでさ。息子や娘は、町医者だったり、美容院切り盛りしていたり、やっぱり上流よね」

衿子は葉桜の下を歩いていく。

「そうだよね」

「結婚相手を吟味するのが、ちょっと『細雪』みたい。谷崎潤一郎って、小津安二郎と同じくらいの時代？　少し前？」

「少し前じゃない？」

「小津って戦前から仕事しているけれど、代表作は戦後だね」

「谷崎も戦後も仕事しているけれど、代表作は戦前か戦中に書いているね。『細雪』は戦中の仕事で、戦前の上流階級を書いているんだよね」

「そうだね」

「そういうのは、いらいらしないの？」

　正子は尋ねてみた。

「なんで、いらいらするのよ」

　衿子は笑った。

「だって、階層のことが気になるみたいだったから。上流階級の生活って、鼻につくんじゃないの？」

　ちょっと意地悪な気持ちになって、正子は聞いた。

「うーん、まあ、ちょっと、いらいらするかも。小津映画って、上流階級の登場人物で物語を作っているのに、作り手にその意識がないのよ。あくまで、『市井(しせい)の人の普通の生活を淡々と描いている』という体でやっている。『細雪』では、くだらない上流階級の変な価値観を魅力的に書く、という意地悪な視点の自覚を谷崎は持っている。主人公たちの、下流の人に対する差別意識をばんばん書いているし。しかも、その差別意識に対する、批判の視点がない」

　衿子は真面目に語る。衿子は読書家で、小説やらドキュメンタリーやら様々な本に手を出しているので、いろいろ思うことがあるらしい。

「あー、確かに」

　正子は頷いた。正子は衿子よりも読書量は少ない。でも、谷崎は専門学校時代の友人の影響でちょっと読んだ。正子とはまったく価値観の違う衿子だが、映画や小説の感想を聞いていると面白く感じられる。こういうお喋りをするのは楽しい。さっきは腹が立ったが、できるならこの先も衿子と仲良くやっていきたい、姉妹というより友だちのようになりたい、という思いが湧いてくる。

「『細雪』って、三十を超えた姉妹が一緒に暮らしていて、ごたごたが起きて、小さなことで右往左往して、笑っちゃうよね」

　衿子がしみじみ言った。

「うん、そうだね」

　正子も同意した。

「今でいうと、叶(かのう)姉妹もそうだよね。大人になってからも一緒に住んでいる姉妹って面白いよね」

衿子が続けた。

「え？　でもさ、叶姉妹は本当の姉妹じゃないんだよ」

正子は指摘した。

「ええー、そうなの？　知らなかった」

「みんな知っているよ」

「じゃあ、阿佐ヶ谷(あさがや)姉妹は？」

衿子が質問する。

「阿佐ヶ谷姉妹も、本当の姉妹じゃないよ。叶姉妹も、阿佐ヶ谷姉妹も、えっと、友だち？　ビジネスパートナー？　とにかく、血が繋がっていたり、一緒に育ったりはしていない二人が、大人になってから、姉妹って体(てい)で社会に溶け込んだんだよね」

正子は言った。

「うーん、すごい。ただ、やっぱり、美人系は美人系同士、地味系は地味系同士で姉妹になった方がいいよね。もし、姉妹が美人だったら、私は見下されるだろうし」

衿子が唸った。

「そうかな？」

正子は首を傾げた。

「似た者同士で連帯して、助け合った方がいいよ」

「うーん」

「正子ちゃんは、〝血の繋がり〟に関係なく、友だちと姉妹になりたいって思うこと、ある？」

衿子は尋ねる。

「え？　あー、うーん」

お茶を濁さずにはっきり喋ることを誓ったばかりなのに、正子はまたもやごまかし、返答を先送りにしてしまった。

それからゾウの遊具がある公園に寄って、由紀夫をベビーカーから降ろして遊ばせた。衿子は由紀夫と手を繋いで公園の中を歩き回ったり、抱っこしてゾウの遊具の上に座ったりして、由紀夫を喜ばせた。

四　掃除をする権利

百夜とあぐりが「住む」ようになって二週間が過ぎた。

正子は近所の保育園の一時保育という制度を使って週に三日だけ由紀夫を預かってもらうことにし、就職活動を始めた。インターネットの求人サイトに登録し、自分にできそうな仕事を探す。

前年に、正子は認可保育園の一歳児クラスに入園申し込みを行った。ただ、どの保育園も枠が少なく、待機児童が多く出ることがこの頃は社会問題になっている。由紀夫は正子というひとり親に育てられており、「保育を必要とする度合い」は結構高いはずなのだが、正子があまり力を入れずに甘い申込書を市役所に提出し、仕事の真実味が薄いことや、同居の伯母(おば)と叔母(おば)が育児を手伝っていることがネックになったみたいで、四月からの入園許可は得られなかった。申込書に「就職活動中」と書けば「保育を必要とする度合い」の点数はそれなりに上がったらしいのだが、正子はそれを知らず、自宅でたいして収入のない仕事を趣味っぽくしているだけの状況という表現をしてしまい、後日、衿子から「バカだねえ」とたしなめられた。

まあ、仕方がないか、と諦めていたのだが、少し調べたら、『屋根だけの家』から歩いて十分のところにある認可保育園で、週三日を上限に預けられる一時保育という制度を利用できることがわかった。そうして、五月も中旬を過ぎた頃、由紀夫は初めて登園した。ただ、園生活に少しずつ慣れるようにするため、最初は午前中のみだ。九時から十二時までの三時間保育を一ヶ月ほど続ける。

初めての朝、由紀夫は泣いて正子にすがってきたが、保育士があやして部屋の奥へ連れていった。昼に迎えに行くと、けろりとした顔で遊んでいた。なかなか園に慣れることができずに、一日中泣いたり、食事がまったく喉を通らなかったりする子もいるらしいのだが、由紀夫は順応性が高いのか、正子がいなくなったあとはすぐに泣き止み、十一時過ぎに出された昼食ではおかわりの催促までしたという。園に馴染まないのはもちろん困るが、親がいなくても結構平気らしいと知ると、少々の寂しさは覚えた。

ともあれ、貯金にまだ余裕があるとしても十分な定収入がないのに親として平然とした顔で過ごし続けるのは難しい。由紀夫が勉強好きになるかどうかは知らないが、もしも大学に行きたがったらもちろん行かせたいし、元夫の茂をあてにしたくはないし、将来の選択肢を広げるために稼ぐ方法を模索したい。一時保育を続け、勤め先を見つけたあと、遅くとも来年度には正式に入園させたかった。

ただ、三時間という長さは面接を受けて帰ってくるには短すぎるので、カフェに行って求人サイトをチェックしたり、履歴書を書いたりしてその時間を過ごした。

由紀夫が三回目の登園をし、最寄り駅の駅ビルに入っている全国チェーンのコーヒー屋でラップトップを出して就職サイトを開き、顔を上げてアイスカフェラテをひと口飲んだとき、隣のテーブルに見覚えのある男性が座っているのに気がついた。

「あ」

正子が思わず声を漏らしたら、

「え？」

相手はキョトンとした。

「あ、えっと……」

声を出してしまったものの、名前は出てこない。ただ、会社で働いていたときの取引先の誰かではないだろうか、という感じがする。

「あ、もしかして、あの、『鳳(おおとり)』さんの、えーと、松波(まつなみ)さん」

相手は思い当たったらしく、正子の勤めていたＷｅｂ制作会社の社名と正子の苗字を口にした。

「そうです、松波です。よく覚えていらっしゃいましたね。あ、えっと、そちらは、コピー機のリース会社の、えーと、えーと、伊集院さん」

正子も思い出した。会社のコピー機が度々壊れた時期に、何度も修理や交換のために来てくれていた人だ。浅い繋がりだが、夏の暑い日に太った体を汗だくにし、長時間かけてコピー機を直してくれたことがあった。気を遣った百夜が「ひと休みしてくださいね」とアイスコーヒーを出し、百夜と伊集院と正子で数十分の雑談を交わした。伊集院という苗字を名乗ったあと、伊集院光や伊集院静の話題で笑いを取り、場が盛り上がった。そのせいで苗字が正子の頭の中に残っていた。でも、それはもう七、八年前の話だ。正子の苗字の松波はそれほど印象に残るものではないのに、よく伊集院が覚えていたな、と不思議だ。

「今日は、お休みですか？」

伊集院が尋ねるので、

「私、結婚を機に、『鳳』を退社したんです。子どもが生まれて、また働こうと思い始めて、今は求職活動中です」

「そうですか、ご結婚、そしてお子様も。おめでとうございます」

「伊集院さんは、外回りですか？」

正子も質問した。

「あ、ええ、ちょっと時間が空いたので、休憩を……」

口の中でもごもごと喋り、何かを誤魔化そうとする。伊集院は、正子より三、四歳上くらいだろうか。四十手前といった外見だ。背が低く、小太りで、顔立ちも決して格好良くはなく、イケメン好きの正子の胸を打つようなところはないが、色白のもち肌で、こぢんまりとした優しそうな目と、口角が上がった人の良さそうな唇が、おばあさんや子どもに好かれそうだ。あまり上等ではないグレーのスーツに、シンプルなブルーグレーのネクタイを締めている。

「そうですか。ここ、都心から離れているし、あんまり会社とかないんですけど、あ、でも病院やデパートはあるし、コピー機をリースするところもありますよね。私、この近くに住んでいるんですよ」

正子が何気なく雑談しかけると、

「え？　じゃあ、お友だちっていうのは松波さんのことだったのかな……」

などとよくわからないことを言う。

「え？」

「あ、いや、なんでもないのです」

「はあ……」

そのあとは、天気の話などを少ししたが、雑談の内容は薄くなるばかりでつらいので、

「じゃあ、そろそろ帰ります」と正子は早々に立ち上がった。

お迎えの時間までまだ二時間近くあったため、正子はいったん『屋根だけの家』に帰った。

「ただいまあ」

正子が玄関に入ると、

「あ、おか、おかえり。早かったね」

屈んで何かしていたらしい百夜があたふたと立ち上がり後ろ手に何かを隠した。百夜は、先週に休日出勤したので、今日は代休を取ったらしい。グレーのスウェットのロングワンピースというリラックスした格好をしている。

「どうかした？」

正子が尋ねると、

「え？　ううん、どうもしない」

百夜がかぶりを振る。不審に思い、

「何を隠したの？」

正子が百夜の後ろに回ると、百夜が手に握り締めていたのは雑巾だった。

「ごめん、勝手に掃除をしてた……」

顔を赤くして百夜が白状する。

「え？　なんで謝るのさ。掃除してくれていたんでしょう？」

　正子は笑った。

「でも、『掃除していい？』って聞かずに勝手にやっちゃって……」

「そう言うけれど、これまでも何度か掃除をしてくれていたんじゃないの？　住人が増えたのにむしろ部屋が綺麗になっていくからおかしいなあと思っていたんだ」

「住人……」

　百夜は口を丸く開けた。

「棚や床を拭いたり、ゴミを捨てたり、してくれていたんだよね？　洗面所とかシャワー室とかシンクとかトイレとかの水まわりも、磨いてくれていたでしょう？」

　そう言いながら、正子は洗面台へ行き、手を洗ってダイニングに戻ってきた。

「あ、でもね、物をいじったりはしていないよ？　引き出しは一度も開けていないし、棚の上に置いてある物にもまったく触っていないし。雑巾とかタワシとかは、洗面所に干してあったから、勝手に借りちゃったんだけれど」

「うん」

　百夜は言い訳するように喋る。

「あのー、言いにくいんだけど、私、ここに、あのー、長く泊めてもらっているじゃない？　そのー、あのー、申し訳ないことに、長逗留を」

「それで、心苦しくて、掃除をしたいな、って思ったんだけど、『掃除をしたい』って言うと、『客ではない存在になりたい』っていう意思表明になるかな、と思って、言うのに勇気がいるな、って感じてしまって」

「あ、そう」

「それでも、勇気を出して言うべきだったんだけど、つい、言いそびれて、勝手に掃除をしてしまった。でも、プライベートな場所とか、壊れそうな場所とかは、まったく触っていないし、物の場所も一切変えていないから」

「うん、わかっているよ。こちらのプライバシーに気を遣ってくれているのは感じていたし、家を大事に思ってくれているのも伝わってきていたし、大体のところを、わかっているよ。掃除をしてくれて、ありがとう」

正子は礼を言った。

「え？　じゃあ、床拭きを続けていいの？」

百夜は目を輝かせた。

「『続けていいの？』って、そりゃあ、いいよ。いいよ、って言うか、続けてくれると、ありがたいよ。由紀夫がなんでも拾って口に入れたがるから、床掃除はちゃんとしなきゃ、って思っていたんだけれど、なかなか手が回らなくて」

正子がにっこりすると、

「掃除をさせてくれて、ありがとう。私、掃除するの好きなんだ」

百夜は再び屈んで床を拭き始めた。

「あ、掃除機はシャワー室の横に置いてあるし、掃除用洗剤とかは洗面台の下に入っているし、なんでも勝手に使っていいから」

正子が掃除道具の場所を指さすと、

「これまで、勝手に掃除をすると怒る人が多かったから、正子にも怒られると思っていた」

百夜は下を向いた。過去に恋人の家を掃除して怒りをかったことでもあるのだろうか。

「ふうん」

正子が首を傾げると、

「掃除をする権利っていうのがあるよね。その権利がないのに掃除をやってしまわないように気をつけないと」

百夜はつぶやく。

そこで三階から物音がした。そのあとに螺旋階段がコツコツ鳴り、起き抜けらしいパジャマ姿の園子が下りてきた。今日は夜勤のようだ。

「わあ、百夜さんが腰を屈めて掃除している姿って絵になるね。なんか、妙な色気があるっていうかさー」

園子は開口一番そんなことを言った。

「あー、うん。百夜は色気があるんだよね」

正子が同意すると、

「色気だなんて……。あ、おはようございます」

百夜は照れ笑いをした。

「おはようございます。そう、そう、なんていうかさ、掃除をしていても、奥さんっていうより、愛人っぽい色香が漂う……あ、変な意味じゃなく、雰囲気がね。本当に愛人っぽく見えるってことじゃないですよ、なんか色っぽい、いい雰囲気があるんですよ」

園子は口を滑らせた。

「変なこと言うね」

正子は肩をすくめた。

「ごめんなさい。百夜さんって、綺麗だからさあ」

園子は弁解するように言って、棚からフルーツグラノーラの箱を出して皿にサラサラとよそう。

「あはは、私、昔から愛人顔なんだよね。中学時代のあだ名も『二号さん』だった。……あ、園子さんの年齢だったら、『二号さん』なんて言葉知らないのかな？」

百夜は頬骨の辺りを指差して、そんなことを言う。

「知っていますよう。かこわれている女の人のことですよね」

園子は冷蔵庫を開けて牛乳パックを取り出し、フルーツグラノーラにかけた。

「ふふ」

百夜は寂しそうに笑う。

「あ、関係ないんだけどさ、さっき、駅ビルのコーヒー屋で伊集院さんに偶然会ったよ。百夜、覚えている？　伊集院さんってさ、コピー機のリース会社の、あ、百夜は今でも会社で会うときある？」

正子は思い出して喋った。すると、

「え？」

百夜は突然に青ざめて固まった。

「どうしたの？」

正子はびっくりした。

「伊集院さんって誰？　男性？」

園子が尋ねる。

「あ、うん、『鳳』にときどき来ていた男性で……」

正子が答えた途端、

「うっ、うっ」

百夜はしゃくりあげて、両目から涙を溢れさせた。

「え？　え？　どうして？　何、体か頭かどこか、急にどうかした？」

正子は百夜に近づいて、顔を覗き込んだ。

「百夜さん？」

園子も心配そうな顔をする。

「ううん、なんでもないの、あの、ごめん、動揺してしまって、ちょっとびっくりしただけだから、平気」

百夜は首を振るが、涙はとめどなく流れ続けている。

「だって、泣いているじゃないの」

正子は、百夜の肩をそっと撫でた。

「あ、わかった、その伊集院さんっていう人、百夜さんの彼とか？」

園子がポンと拳を手に当てて、ずけずけ指摘する。

「うわあああん」

図星だったみたいで、百夜はうずくまってしまった。

「そうだったの」

正子もしゃがんで百夜の肩を抱いた。

「うっ、うっ……。いや、彼ではない。もう、お別れしたんだ。きっぱり、話し合って別れて、連絡先はすべて消去したの。この家の場所は教えていない。ただ、別れるときに、つい駅名だけ言っちゃったから、来ちゃったんだ。おかしな人じゃないから、コーヒーを飲んで、私のことをちょっと考えたかっただけだと思う。まだ、別れに慣れていないってだけで……。本気で私に会いに来たんじゃないはずだ。でも、駅名を漏らしたのは、私の失敗だった……、私がまだ何かを期待しちゃって……」

百夜が床を見詰める。

「そっか」

正子は背中を撫でた。

「どうしてお別れしたんですか?」

園子が尋ねる。

「ちょっと、園子ちゃん。聞かなくていいよ」

正子がたしなめると、

「ううん、いいの。……あのね、私、愛人顔でしょう?」

百夜は涙を引っ込め、低い声で言った。

「あ、察しました。伊集院さんには妻がいるんですね」

園子は冷たい声で言った。

「……そう」

　百夜は頷いた。

「そうか、つらかったね」

　正子は背中を撫で続けた。

「え？　つらかったって……。つらいのは妻の方じゃないですか、百夜さんは、加害者なんですよ。自覚あります？　つらいなんて、言ったら駄目ですよ」

　園子は厳しい口調で続ける。

「そんな言い方をしないでよ。園子は、百夜のことをまだよく知らないじゃないの」

「百夜さんのことを知らなくったって、不倫が駄目なことは知ってるよ。私だけじゃなくて、日本中のみんなが知っていることだよ」

「不倫が駄目だとしても、今言わなくてもいいと思う」

　正子は立ち上がった。

「妻がいるって知っていたんですか？」

　園子は正子を無視して、百夜に向かって質問を投げた。

「最初は知らなかった。ひとり暮らしをしている独身男性だと思い込んでいた。でも、おつき合いを始めて、一年近くが経った頃、『あれ？　おかしいな』って、少しずつ疑問に感じることが出てきて……。友だちを紹介してくれないとか、家族の話になると口が重くなるとか、どうも部屋に他の人の影があるとか、それで、思い切って話し合ったの。そしたら、わかった。伊集院さんは新潟出身で、高校時代からつき合っている彼女と二十代の終わりに結婚したんだって。結婚当初は二人で東京に住んでいたらしいけれど、奥様のお母様が重い病気になって、看病のために奥様は一時的に新潟へ帰ったらしい。つまり、単身赴任のような状況だった。それを知って、離れなきゃって思ったけれど、離れられなかった」

百夜は落ちついた声になって話した。

「そうか、大変だったね」

正子は目を伏せた。

「そんな風に別居状態が数年間も続いていたんだったら、伊集院さんに離婚の意思があれば離婚できたんじゃないですか？」

園子は指摘した。

「そうだね。伊集院さんは何度も、『離婚をして、百夜と結婚したい』って言っていた。でも、おそらく、奥様に対しても愛情があったのだと思う。結局のところ、私を選べなかったんでしょう」

淡々と百夜は答えた。

「何年おつき合いしていたんですか？」

園子は質問を続けた。

「七年」

百夜が答えると、

「長い」

園子が切り捨てた。

「なんで園子ちゃんがジャッジするんだよ。関係ないじゃんか」

正子は腹が立った。

「だって、七年前だったら、まだ子どもを望める年齢だし、そのときすぐに別れていたら、百夜さんにも違う人生があったんじゃないですか？　自分のためにも、相手のためにも、早めに別れるのが道徳的だったと思います」

園子は水色のパジャマの胸ポケットをいじりながら、平気な顔で続けた。

「あー、ちょっと言い過ぎだよ。道徳的に生きたい人は、自分がそう生きればいいと思う。道徳を大事にして、自分の人生を作ればいいんじゃないかな？」

正子は腕を組んだ。

「道徳を知らない人に、道徳を教えてあげるのだって、人間として大事だと思う」

園子は百夜に侮蔑の目を投げた。

「あのさ、園子ちゃん、出ていってくれない？」

正子は園子の顔をまっすぐ見た。

「は？　なんで？」

園子は、ぽかんと口を開けた。

「私の友だちを傷つけて欲しくないから。ちょっと、外に出て、頭を冷やして来なよ」

正子は顎で玄関の方を指した。

「どうして私が？　なんで正しい側の私が家を出るの？　不倫している人のことは、みんなでちゃんと怒ってあげないと。本当は、不倫している人とは絶縁するのが一番なんだよ。奥様がかわいそうじゃないの」

「当事者が怒るのだったらわかる。当事者や当事者の友だちからだったら百夜が傷つくことをビシビシ言われて当然だ。そもそも園子ちゃんはそのパートナーの人のことを本当にかわいそうだと思っている？　ただ単に、道徳的ではない人を糾弾して、いい気分に浸りたいだけなんじゃないの？　頭を冷やしたら？」

「頭を冷やすべきは百夜さんでしょう？」

「百夜は頭を冷やしているよ。別れを決めているんだから」

「いや、よりが戻ると思う。だって、その伊集院さんって人、復縁を求めて会いに来たんでしょう？」

園子は簡単に言った。

「いや、復縁は求めていないと思う。ただ、長いつき合いだったから、もう会えないという状況に、なかなか馴染めないんでしょう。私に会いに行こうと決めてこの駅に降り立ったわけじゃなくて、なんとなく足が向いてしまって、『もしかしたら会えるかも』って、そんな気持ちで、ついコーヒーを飲んでしまったんじゃないかな。会わないということに、少しずつ慣れるしかないんだ。伊集院さんも私も、別れるしかないことはよくわかっている。ただ、会いたいのに会わないというのが、結構、大変で、ちょっと右往左往してしまっているだけで……。たぶん、今頃、伊集院さんはコーヒーを飲み終えて、この駅で降りてしまったことを反省して、私のことを少しずつ忘れようとしながら電車に乗っている」

百夜は冷静な口調で、そう喋った。

「そうか。百夜、大丈夫？」

正子が改めて尋ねると、

「うん」

百夜が頷く。

「なんかさあ、百夜さんの喋りって、自分に酔っている感じがあるね」

園子は腕を組んだ。

「園子ちゃん、私、由紀夫を保育園に迎えに行かなくちゃならないんだけど、一緒に行ってくれない？」

　正子は園子を誘った。

「え？　お迎えにはまだ早いんじゃない？」

　園子が柱に付いている時計を見上げた。

「うん、外でちょっと話そう。着替えて来てよ」

　正子はポシェットを肩に掛けた。

「じゃあ、これ、食べちゃうから」

　園子はフルーツグラノーラを急いで食べて、それから洗面所でさっと歯を磨き、三階へ上がってカーキ色の麻のシャツとブルージーンズを着て下りてきた。

「そしたら、百夜、私は由紀夫を迎えに行って、すぐに戻るから」

　正子は百夜に向かって片手を挙げた。

「うん、私は掃除を続けて心を落ち着かせるわ」

　百夜は窓の桟（さん）に沿って雑巾を動かし始めた。

　玄関を出て、正子と園子は大野川へ向かった。保育園はスーパーマーケットへ行く道の途中で右に折れたところにある。

「ねえ、正子姉ちゃんは、百夜さんの友だちなんでしょう？」

　川沿いの歩道を歩き始めると、園子が言った。

「うん」

正子が頷くと、

「それなのに、不倫をしていることをこれまで知らなかったの?」

園子が尋ねた。

「三年くらい前に、『結婚している人を好きになって、つき合っている。とても悩んでいる』ということを、ふいに百夜が喋ったことがあったな。ただ、その人がどういう人なのかとか、どういうつき合いをしているのかとか、詳しいことまでは聞かなかった」

正子は正直に答えた。

「なんで詳しいことを聞かないの?」

「いや、もちろん、百夜が話したいことだったら、ちゃんと聞きたいよ。でも、そのときは、それ以上のことを話したいと思ってはいない雰囲気だったから」

「私だったら、ちゃんと質問して、状況を聞き出すけどね」

「ふうん」

「相手の恋愛の状況を知らない、興味もないだなんて、本当に友だちなの?」

園子は歩道をすたすたと歩く。

「うーん、女同士の友だちだからって、男の話をするかしないかで、心を開くか開かないかは決まらないと思うなあ。夢を語ったり、ニュースに対する自分の意見を話したり、悲しい出来事を聞いてもらったり、親の看取りを相談したり、いろいろ喋ってきたよ」

　正子が正直なところを喋ると、

「あー、はい、はい。それで、不倫をしているって知ったあと、どうしたの？」

　園子は適当な相槌を打ってきた。

「『そうか、続けるのは難しそうなんだね、終わりにできたらいいね』って言ったけれど、難しいことなんだろうなとは思ったたし、たとえ友だちでも、人の恋愛に口を出すのは野暮かな、って」

「そのあと、その話題が出ることはなかったの？」

「詳しい話が出ることはなかったね、たまーに、彼とどこどこに旅行して、っていう話がちらりと出るときはあったけど、つっこんでは聞かなかった。あ、アイス食べる？　おごるよ」

　正子はアイスクリームの自動販売機を指差した。由紀夫を迎えに行く道で見つけ、いつか食べようと思っていたのだった。

「わあ、ありがとう。こういうアイス、久しぶり。子どもの頃はよく食べたよね」

　園子は喜んだ。

「食べた、食べた。お父さんが深酒して帰ってくるとき、必ず家の近くの自動販売機に寄るんだよね。お父さんとお母さんとお姉さんと私と園子ちゃん、五人分のアイスを買って、抱えて家に入ってきたね。お酒を飲んだあとって喉が渇くし、お父さん自身がアイスを食べたかったんだろうね」

正子は思い出を語った。

「あと、酔っ払って帰る気まずさから、私たちにゴマをすりたい気持ちも紛れていたのかも」

「うん、うん。園子ちゃんは、何にする？」

「チョコミント」

園子は即答した。

「そっか。私はストロベリーチーズケーキにしよう」

正子は小銭を入れ、チョコミントのボタンを押し、続けてまた小銭を入れてストロベリーチーズケーキのボタンを押した。ごとんごとんと落ちたアイスクリームを取り出しながら、園子が子どもの頃からチョコミントを好きだったのを思い出し、なんだか胸が熱くなる。

「ありがとう」

園子は正子からアイスクリームを受け取り、紙の皮を剝き始めた。

「座って食べよう」

正子が紫陽花の横にあるベンチに腰掛けると、園子も隣に座った。

「おいしいね」

　園子は水色のアイスクリームに口を付ける。

「うん。……えーと、あのさ、質問なんだけど、どうして不倫をしている人に厳しい言葉をかけたくなるの？　園子ちゃんって、芸能人の不倫にも厳しいよねえ？」

　正子は、クリーム色の中にピンク色のリボンが漂うアイスクリームを舐めた。

「誰かを不幸にして、幸せになれるわけがないでしょう？　不倫というのは、相手の妻、あるいは夫、子どもがいる人だったら子どもも、不幸にするでしょう？」

「でも、その妻や夫や子どものことを、園子ちゃんは知らないわけで。その人たちが何を幸せに思って何を不幸と感じるか全然わからないじゃんか。妻の友だちが怒るのは当然だと思うけれど、知らない人がどうして幸せや不幸せを定義できるんだろう」

「男が不倫をしたとき、妻がかわいそうなのは絶対だよ。女性は気が弱くて発言できない人も多いから、妻の気持ちを想像して、世間が代弁してあげるべきだと思う」

「でも、私、変だなあ、って思うことがある。たとえば、十年にわたって親密につき合ってきた彼女がいるのに、半年前に知り合った別の女の人と二股して急に結婚しちゃう人っているじゃない？　その場合、その十年つき合った彼女は不幸のどん底の気分になるんじゃないかと思うけど、それをした男を世間がバッシングする風潮はないよね？　その振られた彼女に対して『かわいそう』って声高に同情する人もあまり見かけない」

「だって、その彼女は結婚まで持っていくことができなかったんだから、自業自得じゃない？」

「自業自得？　でも、不倫される妻は自業自得じゃないんでしょう？」

「結婚している人は、ルールに則（のっと）って真面目に過ごしている人なんだよ。だから、変な目に遭ったら、かわいそうだよ」

「ほら」

正子は声を大きくした。

「ほらって？」

園子は眉を寄せる。

「ルール違反を怒っているんだよ。かわいそうな人のために怒りたいんじゃなくて、ルール違反をした人を激しくバッシングしたいだけなんでしょう？」

「ルールは大事だよ。ルールを守っている人のことを、社会全体で守ってあげないと」

「でもさ、たとえば芸能人の男が不倫報道をされると、妻も一緒に世間に対して謝罪することがあるでしょう？　つまりはさ、その後も夫婦生活を続ける場合は、妻の方も、夫の不倫のことは世間に忘れてもらいたい、と思っているわけなのに、いつまでも世間のみんなが『妻がかわいそう』って騒いで、妻の嫌がることをやり続けていて、本末転倒じゃんか」

「不倫をした、悪い女には、社会的制裁が必要だ。その場合は、妻に関係ない」

「たまたま恋に落ちずに済んでいる人が、恋に落ちて苦しんでいる人を滅多刺しにしてどうするのさ。情がなさ過ぎる。私はそう思う」

正子はアイスクリームが溶けてくるのに焦って口を動かしながら言った。

「私だって、結婚している男を好きになったことはあるよ。でも、片思いのままで必死に諦めたり、声かけられても既婚者だとわかった時点からは無視したり、一所懸命に不倫をしないよう努力してきたんだよ」

園子はジーンズの腿をこする。

「それが園子ちゃんの生き方なんでしょ」

正子は頷いた。

「そうだよ。私は、不倫は絶対にしないよ。感情はコントロールできないけれど、行動は制御できる」

園子はよく通る声で言った。

「私もしないよ。複雑な人間関係って苦手だし、行動の制御は得意なタチだから。でも、不倫をしている人を責めることもしない」

正子は首を振った。

「どうして？　そもそも、正子姉ちゃんって、茂さんに不倫されたんじゃゃんか。茂さんに好きな人ができたから別れる、って言っていたけれど、好きになっただけのわけがないよ。絶対に、やっていたよ」

園子は言いにくそうにしながらも、指摘した。

「セックスのこと？　でも、園子ちゃんは、茂くんのことをよく知らないでしょう？　私だって茂くんのことをすべて理解しているわけじゃないけれど、私の勘では、離婚を決めた時点での茂くんは本当にただ片思いをしていただけだと思う。セックスしていたら、『セックスした』って正直に言っちゃう人だから。でも、万が一、セックスしていたとしても、それを問題にする気は私にないよ。それは、調停とかで、相手を有責にして離婚したい人が問題にすることでしょう？　私は、有責とかどうでもいいんだもん」

正子はハキハキ答えた。

「いや、いや、いや、ともあれ、気持ちだけだったとしても、不倫でしょう？　不倫されたくせに、なんで不倫した女を許すのさ」

「他人の恋愛をいちいち自分のことに引きつけて考える趣味はないからだよ」

「恋愛にもルールがあるんだから、他人の恋愛についてみんなで考えるべきだよ。そうやって社会を作っていくんじゃんか」

「園子ちゃんはさ、真面目に生きてきて、自分はルールを守っているから、ルールを守らないで幸せになろうとしている人を見ると腹が立つんじゃないの？　ズルをしているように見えるんじゃない？　ルールを守ってきた自分がバカみたいに思えてくるから、ルールを守らない人を否定せずにはいられないんじゃないの？　それだけなんじゃないの？」

「あるいはそうだとして、それの何が悪いの？」

「もっと自分に自信を持ちなよ。ルールが好きなら、自分がルールを守って、ルールを楽しめばいいだけじゃないの」

「自分ひとりで生きているんじゃないんだから、社会人として、この社会がもっと良くなるように、周りに働きかけるべきだ、って私は思う」

園子が宣言すると、

「無関係の人が、不倫をしている人に言葉の暴力をふるってはいけない、って私は思うよ」

正子は応酬した。

「正子姉ちゃんの気持ちはよくわかった」

園子はアイスクリームを食べ終わり、白いプラスティックの棒を持て余した。

「ああ、そう」

正子はポシェットからビニール袋を出し、園子の棒と紙の皮を受け取り、自分の分と一緒にビニール袋に仕舞った。口を結んで、ポシェットに戻した。

「じゃあ、私の気持ちを言うね」

園子は立ち上がった。

「うん」

正子も立ち上がった。

「私は、不倫をしていた人とひとつ屋根の下で仲良く暮らすことはできない。だから、私が出ていくか、百夜さんが出ていくか、どちらかだ」

「そうか」

「正子姉ちゃんが決めてくれる?」

「私は、不倫をしていたという理由で百夜に出ていってもらうことは絶対にしない」

「じゃあ、私が出ていく」

園子は言った。

「……悪いけど、そうしてもらえる?」

正子は唇を嚙(か)んだ。

保育園で由紀夫を引き取ってからは、もう園子は不倫の話も家を出る話も一切口にせず、由紀夫に向かって「今日はどんな遊びしたの?」だの「ほら、紫陽花が咲いているよ。綺麗だねえ」だのと朗らかに声をかけてくれた。正子はそれににこにこと相槌を打ちながら川沿いを歩いた。由紀夫は、「うー、うー」とベビーカーの中で楽しそうにしていた。

『屋根だけの家』に着いたら、園子はすたすたと三階へ上がっていき、二十分ほどで支度を終え、バックパックを背負って下りてきた。

「じゃあね、お世話になりました。このまま病院へ行って、夜勤を務める。そのあとは友人の家に泊めてもらうか、ホテル泊する。残りの荷物を取りにまた一度お邪魔するけれど、もう住むことはない」

園子は正子に向かって淡々と喋った。

「わかった」

正子は鼻の奥がツンとするのを感じながら頷いた。

「え？　え？　どういうこと？　私のせい？　そんな、駄目だよ。私が悪かった、私が出ていくし、待って、待って」

百夜が慌てふためいて押し留めようとしたが、園子はそれを無視し、

「由紀夫くん、さようなら。元気に過ごすんだよ、幸せになるんだよ」

にっこり笑って手を振り、玄関を出ていった。

由紀夫はさようならの意味がまだわからないので、キョトンとした顔をしていた。

五　姉妹を選ぶ

園子は家を出ていってから一週間ほど経った夜にふらりとやってきて、

「夜分にごめんなさい。荷物の整理に、お邪魔します」

と玄関で挨拶した。

「おか……、いらっしゃい」

正子も挨拶を返した。これまで、「ただいま」「お帰り」という科白を何度も交わしてきたが、今となっては夢のようだ。おそらく、もう二度と、正子と園子は「ただいま」「お帰り」と言い合わない。

「いらっしゃい」

あぐりは床に座ったまま、首だけでお辞儀をする。ビョークの顔がでかでかとプリントされたTシャツを着て、ボーイフレンドデニムであぐらをかいているあぐりは、すっかり住人顔だ。由紀夫とボール遊びをしている。あぐりは子どもに媚びることがまったくなく、

低い声のままで、

「ほうら、ボールを投げてみろ、由紀夫」

そっけなくボールを渡すだけなのだが、由紀夫はやけに喜ぶ。

「ブーン」

由紀夫はボールを受け取る。本人は「ボール」と発音しているつもりらしいが、傍耳には「ブーン」と聞こえる。

百夜はまだ帰ってきていなかったので、正子は「良かったな」と胸を撫でおろした。園子と百夜が顔を合わせたら、また空気がぴりぴりしてしまうかもしれない。

「園子ちゃん、本当に家を出ていっちゃうの？　べつに、正子ちゃんは園子ちゃんを嫌ってなんかいないし、戻ってきたら？　意地を張っていないで、謝っちゃいないよ。私も一緒に謝ろうか？」

シャワーを済ませたばかりの衿子は洗い髪にタオルを巻いた姿で、螺旋階段に向かってすたすた歩いていく園子を追いかけながら、そんなことを言っている。

正子からは衿子に対して「ちょっとしたイザコザがあって園子は家を出ていった。もう戻ってくることはないと思う」という簡単な説明だけをした。正子の性格を知っている衿子はそれ以上聞いてくることはなかった。衿子は園子とSNSで遣り取りしているみたいなので、詳細は園子から聞くだろうと正子は考えていたが、どうやら園子も詳しいことは衿子に伝えていないらしかった。

そのため、衿子は幼少時代の姉妹ゲンカみたいに、「お姉ちゃんが一緒に謝ってあげるから、勇気を出して仲直りしよう」なんて具合に間に入ればうまく収まると楽観しているのかもしれない。

「衿子姉ちゃん、ありがとう。でも、謝る気はないし、戻ってくる気もないの。二駅先に空き部屋が見つかったんだ。だから、来週の水曜日に引っ越す。今は友だちの家にいるから、心配しないで。引っ越ししたら住所は教えるし。……あと、正子姉ちゃん。ごめん、荷物の整理に今日ひと晩かかるかも。泊まってっていい？　もう泊まる気はなかったんだけれど、今晩しか荷物整理に使える時間がなくて。それで、水曜日に引っ越し業者が来るから、また水曜日にお邪魔します。まあ、荷物は少ないから、当日はそんなにお騒がせしないと思うんだけれど」

かんかんと螺旋階段を上がりながら、途中で少しだけ立ち止まって振り返り、園子は衿子と正子にお礼とお詫びを口にする。

「うん、わかった。じゃあ、水曜日は私も家にいるね」

正子は返事しながら、「百夜は水曜日には家にいないように取り計らおう」と考えた。

「本当に後悔しないの？」

衿子はまだぶつぶつ言ったが、園子はそのまま三階へ上がり、ごそごそと荷物をまとめ始めた。それで衿子は諦め、くるりと冷蔵庫に向かっていき、アップルタイザーを取り出してごくごく飲んだ。

正子とあぐりと由紀夫はそれぞれ寝支度を行い、畳スペースに布団を敷いた。

翌朝、三階から下りてきた園子が、

「ごめんね、夜中にうるさくして。そしたら、水曜日にまたお邪魔します」

カフェインレスコーヒーを飲んでいた正子とあぐりに向かって言った。衿子と百夜はまだ寝ている。

「うん。園子ちゃんもカフェインレスコーヒー飲む？」

正子が勧めると、

「いらない」

園子はかぶりを振る。

「そう」

正子が頷くと、

「そうだ、あぐりちゃん」

園子はあぐりの方を向いた。

「なんでしょう？」

あぐりはマグカップにプリントされたエリック・サティのイラストを寝ぼけまなこで見つめたまま、生返事した。

「私がこれまで使っていた三階の部屋だけど、良かったら、あぐりちゃんがこれからは使ったら？　畳スペースに四人でぎゅうぎゅうになって寝るのは大変でしょう？　まあ、『屋根だけの家』は正子姉ちゃんのものだから、正子姉ちゃんの決めることだけれど、とにかく私は、あの部屋は返すし、もう、誰か他の人に使ってもらって構わないから」

園子はバックパックを背負い、手には紙袋を提げている。紙袋には人形などのガラクタが入っているようだ。そういえば園子は昔から人形と一緒でなければ寝付けなかった。相変わらずらしい。

「え？　いいんですか？」

目に生気を戻らせて、あぐりが聞き返すと、

「もちろん。まあ、私の決めることではないけれど」

園子が頷く。

「じゃあ、お言葉に甘えて」

あぐりはあっさりと厚意に甘えた。年長者の百夜がひとり部屋に移るのが順当だが、園子が家を出たことに責任を感じている彼女が三階に入るとは思えないので、どうせ空き部屋になるのならあぐりが使えばいい、と正子も考えた。

「じゃあね、また、水曜日」

園子はそう言って玄関に向かい、

「うん、水曜日に」

正子は手を振った。


水曜日に園子はすっかり荷物を引き払った。

そして、木曜日にはあぐりが三階に入り込んだ。屋根裏風のスペースに、正子から借りた布団を敷き、西友で買ってきたというプラスティックの衣装ケースを置き、小さなオーディオを持ち込み、自分の居場所を作り始めた。あぐりはここに住み始めた理由を言わないが、持ち物が少なく、そしてその少ない持ち物がすべて廉価（れんか）なものなので、経済的な理由だろうと推測できた。工場での仕事ではあまり稼げないから、正子の家に来て生活をしようと単純に考えたのではないか。あぐりは、他人に甘えることをなんとも思わない性格だ。

老後に関しても、園子は姉にしか甘えられないと思っているみたいだったが、どうやらあぐりは他人に甘えて良いと考えているらしい。

同い年の園子とあぐりが入れ替わり、まるで正子の妹も入れ替わったようだ。

「今日は、パパに会えるよ」

土曜日の朝、正子は由紀夫に声をかけた。二ヶ月に一度の面会日だ。

離婚の相談の際、最初に茂は「由紀夫に、二週間に一度は会いたい」と主張してきた。でも、正子としてはそれだと自分の負担が大きいと感じられたので、「二ヶ月に一度」という約束にした。もっと大きくなったら、茂に迎えに来てもらって由紀夫を託すこともできるかもしれない。でも、ほとんど育児をしておらず由紀夫のキャラクターをきちんと認識していない人、毎日会うわけではなくて由紀夫の成長具合を知らない人、子どもというものをよく知らなくて由紀夫がどの程度の保護を必要としているかわからない人に、一歳の由紀夫を三十分でも任せるのは不安に感じてしまう。茂が由紀夫を愛しているのは間違いないし、茂なりの注意を由紀夫に向けるはずだと信じてはいる。けれども、新聞には一歳児の事故のニュースが溢れる。「ほんの少し目を離したら、柵をすり抜けて橋から転落した」「ちょっと手を離したら、車道にとことこ出ていって交通事故に遭った」「二センチの深さの水で溺れた」「塩を舐め過ぎて食塩中毒になった」「食べたことのないものを口にして、アレルギーを発症した」「車の中に長時間いて、熱中症になった」といった、わずかなミスで亡くなってしまう子どもの多さに驚く。だから、当分の間は面会に正子もついていくことにした。まるで、元の三人家族のように、父親、母親、息子として、遊びにいく。茂とは、面会日が近づくと、ＳＮＳを使って用件についてのみの簡素な文面で遣り取りする。今回は、三鷹にある『星と森と絵本の家』というところと、その隣にある国立天文台へ行く予定になっている。

「パパ、パパ」

由紀夫は正子の発音を真似てパパと口にするが、意味までわかって言っているのだろうか。二ヶ月前に茂に会ったときは、まだパパなんて呼べなかった。ただ、ここ数週の間、写真を見せながら「パパだよ」と教えるのを何度かやってきた。よく言われる、「離婚したら、たとえ自分が元パートナーのことを憎んでいるとしても、子どもの前では悪口を言ってはいけない」という考え方に与して、正子も決して茂を悪く言わないと決めていた。まあ、正子の場合は、元々、茂を憎む気持ちがほとんどないので、たいした努力はいらない。

「由紀夫は、パパが好きだもんね。知っているよー、由紀夫の気持ち。さあ、出発」

ベビーカーに由紀夫を乗せて、正子は『屋根だけの家』の玄関を出た。

電車で移動し、武蔵境駅の改札を抜けると、茂が立っていた。正子が片手を挙げると、茂もこちらに気がついて手を挙げる。それから駆け寄ってきて、

「由紀夫ー、わああ、大きくなったなあ」

ベビーカーの前にしゃがんで由紀夫の手を握った。茂は、ピンクの花柄のかりゆしを羽

織り、海みたいに真っ青なショートパンツを穿き、カラフルなスニーカーソックスとグリーンのニューバランスを履き、夏を先取りしている。

なんでこんな派手な格好をしてきたのか、一緒に歩くのが恥ずかしいな、と正子は思った。正子は白シャツとジーンズ、アクセサリーは自分で作った銀色の椅子の形をした八ミリほどの大きさのピアスのみ、という出で立ちだ。ベビーカーにかけている帆布のトートバッグも地味で、赤いミニショルダーバッグだけ差し色として肩に引っ掛けているが、とにかく無難に仕上げてきた。

まず、茂に「お洒落をして自分に会いにきた」と誤解されたらシャクだということ、それから、子連れの多い場所へ行くときは目立たない格好の方が周囲から好感をもたれがちだということ、何より、由紀夫と遊ぶのなら汚れても構わない格好が気楽だということがある。

茂は何も考えていない。反感が湧く。でも、なんのてらいもなく、自分が決めた行動を自由に取る茂が好きだったな、とも思い出す。

「パパ、パ、パ、パパ」

由紀夫がお喋りした。

「え？　何、何、パパって言った？」

すっかり茂は喜んでしまったが、

「ねね、ねね」

そっけなく由紀夫は違う言葉を口にして、茂とは別の方向を指差す。

「あ、犬いるね」

正子は由紀夫の視線を追い、散歩しているミニチュアダックスフントを見つけた。

「お、何、何。由紀夫、頭がいいな。もう、結構、喋んの？」

茂がニヤニヤする。

「喋るよ。ねね、っていうのは犬のこと。前会ったときも、まんまとか、ねんねとかは言っていたでしょう？　最近はね、動物に興味があるみたい。猫とか、犬とか、象とか、蝶々（ちょうちょう）とか、指差して喋る。まだ発音ははっきりしないんだけど、喋ろうとしているのがわかる」

「そしたら、ママっていうのも言うの？」

「言わない」

「パパの方が早いってこと？」

「そうだね」

「じゃあ、正子はなんて呼ばれてんの？」

「呼ばれていない」

「え？　なんとも呼ばれないの？」

「身近過ぎるからわざわざ呼ぶ必要がないんじゃないの」

ムッとして正子は答えた。

「ふうん」

「私は、『お母さん』って自称しているから。『お母さん』っていう単語は発音しづらいし、当分は呼ばないんじゃないの？」

「そうかー、ありがとうな、由紀夫。パパのこと覚えてくれているんだなあ。嬉しいよー、パパ、嬉しいよー」

茂は由紀夫の両手を持って感動している。

まだ記憶力がそれほどないように感じられる由紀夫だが、二ヶ月ぶりでも茂のことはちゃんと覚えているらしい。パパという言葉を本当に理解しているのかまではわからないが、人見知りがあって知らない人に会うと大泣きする由紀夫が、茂に手を握られてにこにこしていることから、茂のことを他でもない茂だときちんと認識しているのがわかる。

正子は、「私が『パパ』と教えたから今があるんだ。もっと言えば、私が毎日ごはんを作って食べさせ、風呂に入れて健康に育てているから、今、お前に会えているんだ」と言ってやりたくなったが、グッとこらえて黙っていた。

「さあ、行こう。ベビーカーでバスに乗るのは大変だから、タクシーで行こうな。今日は、金は全部、俺が出すからさ」

恩着せがましく言って、茂はタクシー乗り場へ向かった。

タクシーで隣に座ると、やはり茂の横顔は美しい。全体的に整っていて、大きな目や弓形の眉毛がかっこいい。

別離の悲しみや面倒くささなど、いろいろ思うことはあっても、茂の顔を魅力的に感じる自分が変わらない限り、決してこの人を嫌いになることはないな、と正子は感じた。

「飲み会のあとなんかにさ、タクシーに分乗するときって面白いよね。まあ、今は飲み会に行くことなんてまずないけどさ、独身の頃とか、たくさんの人とわいわい外食するときあったでしょ。食事の際はちょっと離れた席にいて全然喋んなかった人と、タクシーで乗り合わせて、みんなでいるときには喋りにくかった話題が、最後の最後の車内でボソッと出てくる」

正子はなんとなく育児以外の話題を振ってみた。

「俺はそんなこと思ったことないな。みんなの前でも、二人きりになっても、同じことを喋るからな。みんなといると話しにくい悩みなんてないし」

オープンマインドな茂は、前方を見たままそう言った。

「まあ、茂はそうだよね」

「電車で帰るときもあるよな。大勢でごはん食べたあと、同じ路線の人、三、四人とだけ一緒に電車に乗って、あれはちょっと面白いかな。飲んで散々語ったあとでも、電車の中吊り広告を話題にしてだらだら喋り続けて……。あとさ、線路を挟んで向かいのホームから帰る人な。ああいう感じは、ちょっと気まずいかもなあ。電車が来るまで間があるから、手を振っても、まだ時間が余って、向かい合ったままでしばらく過ごさないといけないから。喋るって言っても、離れているから大声じゃないといけなくて、周囲に迷惑だから、黙るしかなくて」

「うん、うん、わかる、わかる」

そんなくだらないことを話しているうちに、『星と森と絵本の家』に着いた。

大正時代の家を改装した施設で、畳敷きの広いスペースに絵本がたくさん並んでいる。

茂は由紀夫を膝に載せて、土がどうの、おにぎりがどうの、象がどうの、といった絵本を次々に本棚から取り出し、朗読していった。由紀夫は喜んで、ぱっぱっとページをめくる。まだ由紀夫は絵本のストーリーを追うことはできないが、絵の雰囲気や、紙の手触りを楽しんでいる。

ひとしきり読んだあと、昼食にしようということになり、飲食可のスペースでパンの包みを開いた。今朝、茂がパン屋で買ってきたものらしい。由紀夫は茂の差し出す丸い白パンを手でしっかりとつかみ、嚙み切る。まだ前歯しか生えていないのだが、もぐもぐとおいしそうに咀嚼する。

「楽しいね」

茂は言った。

「そうだね」

正子は頷く。離婚をしなければ毎日茂と一緒にいられたはずで、由紀夫は今よりも幸せだったかもしれない、という考えが頭をよぎって、いや、今でも十分に幸せなはずだ、とすぐに打ち消す。

自由な時代に生まれ、自由に結婚や離婚ができる幸せを味わっているのに、自ら小さな箱の中に入ろうとしてしまうのはもったいない。

昔は、親に決められた相手と結婚することが多かったに違いない。自分で相手を決めた場合でも、親に許しをもらってから結婚へ進むのが普通だった。離婚する場合も、自分たちだけで話し合うのは難しかった。でも、現代では、親に許可をもらう、という考え方は廃(すた)れてきている。正子と茂は、結婚も離婚も、自分たちだけで決定し、それぞれの親には許可をもらいにではなく、「結婚することに決めました」「離婚する話し合いを進めています」という報告をしに行った。結婚の際、茂の両親も、正子の父親も喜んでくれた。離婚の際は、正子の父親はすでに亡くなっていた。茂の両親は茂の方に好きな人ができたという離婚理由にちょっと申し訳なさそうな顔を正子に対して見せつつ、何も意見することはなかった。すべて正子と茂の裁量で進められた。

それなのに、子どもは「世間にある平均的な家庭の形」を求めているのではないか、子どもの許可を得て離婚しなければならないのではないか、と、今度は子どもの方に「親の許可」のようなものの代わりを求めてしまいそうになる。自分のことは自分で決定して、前向きに子どもと過ごす努力をしていくべきなのに、どこかで「縛り」を欲し、自由の苦しみから逃れようとしているのかもしれない。正子は由紀夫をじっと見る。

「おうちに俺がいなくてごめんな。でも、おばさんたちがいるもんな」

茂は由紀夫の頭を撫でた。

「パン、パン」

由紀夫はパンを嬉しそうに頬張る。しっかりと握っているので、白パンはペチャンコになっているが、本人は気にしていない。

「ああ、園子ちゃんは出ていったんだけれどねえ」

正子はサンドウィッチを食べながら言った。

「え？　そうなの？　なんで？」

茂は玉ねぎパンを口に運ぶ。

「まあ、いろいろあるんだよ」

「そうか……。看護師はいそがしいもんな。それに、お年頃だから、彼氏ができたりもするのかな？　だけど、まだ衿子さんは一緒に住んでいるんだろう？」

「……うん」

「え？　何、その含みのある頷き」

「お姉さんも、いつまでうちにいるかなあ」

「衿子さんも『屋根だけの家』を出ていっちゃうの？」

「まだ、わかんないけど」

「そうか」

「うん。それでさ、今は、あぐりと百夜も一緒に住んでいるんだ」

正子は頷いて紙パックのジュースを飲んだ。

「あ、そうなんだ。じゃあ、わいわいやれて、寂しくないな。良かったな、由紀夫」

友だちを家に呼ぶのが好きな茂は、あぐりや百夜が家にいることにまったく驚かず、由紀夫にとって良いことだと受け止めたらしい。

よく考えたら、由紀夫の同居人が変わったことは、早々に茂に伝えた方が親切だった。茂は由紀夫の親なのだから、親権はなくとも人として生育環境に口出しする権利があるかもしれない。

「そうだね、あぐりも百夜も由紀夫と遊ぶのを楽しんでくれているし」

「そっか、良かったな。衿子さんも、由紀夫を可愛がってくれているんでしょ。由紀夫の面倒を見てくれるときもあるんだよね？」

「あー、うーん、そうだね」

「なんだよ、また含みのある頷き」

「そうだね、良くないよね、含みのある頷き」

正子は頭を掻いた。


食後に『星と森と絵本の家』を出て、国立天文台の方へ向かうと、由紀夫はベビーカーの中で眠ってしまった。ちょうど、いつも昼寝をする時間帯なので、そのままにする。守衛所で見学者用のシールを三枚もらい、それぞれの胸に貼った。

「第一赤道儀室」「太陽塔望遠鏡」「子午儀資料館」などの魅力的な名前の施設が点々とある構内をゆっくり歩いていく。自分たちと同じシールを胸に貼ったカップルたちとなんどもすれ違って、「天文台というのは、デート向きのスポットだったか」と気がつく。

由紀夫が眠ってしまうと、たとえベビーカーを押していても、デートっぽさが滲み、気まずい。

ぼそぼそと会話を交わしながら、古い建物を見学していった。昔からたくさんの研究者たちが宇宙に思いを馳せて星の動きを観察したり、新しい機器を作り出したりしてきたのだと思うと、その道自体が星よりも光って感じられる。正子は「人間としてこの時代に生きられて良かった」という気分になった。

「休憩しようか」

　茂が自動販売機にコインを入れ、正子にみかんジュースをくれた。由紀夫は眠り続ける。ベンチに腰掛けてプルトップを引き、

「由紀夫は本当に可愛い」

　正子はベビーカーを見た。

「本当に可愛いな。由紀夫を産んでくれて、育ててくれて、ありがとう」

　茂も、缶コーヒーを飲みながら、寝顔をまじまじと見ている。

「あー、うーん」

「毎日の子育て、大変だよね？」

「ううん、楽しいことの方が多いよ」

　正子は首を振った。

「衿子さんが由紀夫の育児を手伝ってくれているって聞いて、ありがたいなあ、と、ずっと思っていたんだ。俺からもお礼を、衿子さんに伝えてくれる？」

　茂が言うと、

「うん。でも、……難しいよね」

　正子は本音を漏らしてしまった。

「何が？」

「お礼って」

「え？　なんで？」

「たとえばさ、茂が由紀夫に優しくしたり、由紀夫の育児に茂なりに関わろうとしたりすることに対して、私はお礼を言わない。だって、親同士だからさ。さっき、茂が私にお礼を言ったけど、私はちょっと引っかかりを覚えた。確かに、茂と私は二人で親で、それなのに私が多くの親業を負担しているのが現状だ。でも、私は決して茂のために由紀夫を育てているわけじゃない。由紀夫のことが好きで、ただ育児をしたいからしているだけで、茂のためとか、茂の子どもだからという動機はまったくない」

「あー、ごめん。安易に『ありがとう』なんて言って」

「いや、でも、こんなこと言いながらも、『私は茂と違って、親としてたくさんの労働をしているんだ』と、茂に対して恩着せがましい気持ちを抱いてしまうときも正直あったから、『ありがとう』とまったく言われたくないわけではない気もするし」

「え？　なんか、よくわかんないな。複雑だな」

茂は顔をしかめた。

「そうだよね、ごめん」

「まあ、でも、お礼が難しいっていうのは、ちょっとわかるかな。仕事でも、そういうのある。だいぶ前のことだけど、上司の作った資料を俺が使うときがあったんだよ。それで、上司から書類を受け取って『ありがとうございます』ってなんの気なく言ったんだ。そうしたら、『お前のために仕事をしたんじゃない』って怒られた」

「あー、そうか」

「そういう感じで、衿子さんにも、お礼を言うのって難しいの？」

「そういう感じとも、ちょっと違うかもしれないけれども」

「うん」

「家族だから、難しく感じるのかなあ。茂に対しても、私が主婦をしていたときは、難しかった。『働いてくれて、ありがとう』とちょうど良く言うのが大変で。こちらとしては家事労働に対して『ありがとう』と言われたいという気持ちが湧いてしまうし。『ちょうど良いありがとう』の遣り取りより、自分のお金をきっちり払う方がよっぽど楽だね」

　正子は腕を組んだ。

「あー。俺も、正子の金で家を建ててもらったとき、『ありがとう』って言うのが難しかったな」

「そして、お姉さんの場合は、もっと難しく感じている。由紀夫を他人に預けるときはしっかりお礼を言う。保育園の一時保育では、預けるときもお迎えにいくときも保育士さんに対して深々と頭を下げて『ありがとうございました』って、お礼を言っている。この場合は、難しさは感じないんだよね」

「保育園の場合は、お金を払っているからじゃないの？　一時保育って、いくらなの？」

飲み干した缶をベンチに置いて、茂が質問する。

「一時保育は半日利用の場合は、千円。半日っていうのは、四時間以内ね。それから、一日利用の場合は、二千円。一日っていうのは、八時間以内ね。朝、預けにいったら、事務所で支払いをして、そのあと保育室に連れていって、保育士さんに受け入れてもらうの。一日二千円で、お昼ごはんとおやつも食べさせてくれて、怪我（けが）や病気をしないように気をつけてくれて、本当にありがたいよね。二千円だけで賄（まかな）っているわけじゃなくて、行政からの支援もあるのかもしれないけれど。とにかく、他人であり、プロである保育士さんから恩を受けながら育児をするのは難しくないんだよね」

正子は考えながら喋った。

「衿子さんにも、お金をお渡ししたら？　あ、なんだったら、俺が払おうか？」

「いや、渡しているんだよ」

「いくら？」

「『二時間で三千円』っていう約束にして、由紀夫を見てもらう日は、その都度、封筒に入れて渡しているの」

「一時保育よりも、断然、高いじゃんか」

「そう。お姉さんは、最初は『お金なんかいらない』って言っていたんだけれど、私が

『無償でやってもらうのは嫌だ』って気持ちが強くて、『受け取って欲しい』って押し切ってそういう約束にした。お金を払っていなかったら、今よりももやもやした気持ちが自分の中に生まれていたに違いないから、お金を払うことにしたのは良かったと思っている。でも、お姉さんの方は、本当はお金を受け取りたくないというか、お礼をあんまり言われたくないという気持ちもあるような感じがして……」

「それは意外だな。そりゃあ、衿子さんは公務員でお金に困ってはいないだろうけれど、お金はありすぎたら困るって性質のものじゃないし、もらった方がいいじゃないか」

茂は首をかしげた。

「うーん。でも、『ありがとう』と言うだけでも、難しさを感じることもある」

「『ありがとう』も？」

「お姉さんとしてはさ、厚意があるわけじゃない？　お姉さんは、仕事として育児を手伝ってくれているわけじゃなくて、『伯母として、愛情を持って甥っこと関わりたい』とか、『不憫な妹のために、本当は自分もいそがしいけれどなんとか時間を作って、育児を手伝ってあげよう』とか、そういう厚意でやってくれているんだと思うんだよね。そうすると、こちらが他人行儀に接するのはかえって失礼なわけだよね。もちろん、『ありがとう』と伝えるのは当たり前のことで、絶対に、言った方がいい。ただ、適切なタイミングで、ちょうど良い量の『ありがとう』を言うことが求められていると思うの。それで、『ありがとう』を言い過ぎたときには、なんとなくお姉さんが傷ついているような……。つまり、『ちょうど良いありがとう』は難しい」

　正子は頬に手を当てた。

「なるほどなあ」

「さっき、私も、茂からお礼を言われたら引っかかりを感じてしまって、でも、まったくお礼を言われなくても、ちょっとした不満を覚えてしまいそうで、ちょうど良く言ってもらいたい、という気持ちが私にも結構ある。……あとさ、もうひとつ正直なことを言うと、由紀夫がお姉さんに懐いているところを見ていると、自分の心に小さな嫉妬が芽生えるのを感じるの」

　正子は自分を恥じながら告白した。

「なるほどね。うん、うん、それは、よくわかるよ」

「自分がアクセサリーの仕事をしたくて、自分で決めて姉に子どもを預けているのに、姉と子どもが仲良くしすぎるのは嫌だと思ってしまう。勝手だよね」

「わかるよ。そういう気持ちになるのは、よーく、わかるよ」

　茂は深く頷いてから立ち上がり、正子の飲み終わった缶を受け取ると、自分の空き缶と一緒にゴミ箱へ捨てにいった。カランカランと音がする。

「そう言えばさ、好きな人とはどうなったの？」

正子は戻ってきた茂に尋ねてみた。離婚のきっかけになった茂の好きな人は、どうやら茂に好意を抱いてはいなかったらしい。

「三ヶ月前に、四回目の告白をして、また振られたところ。片思いを継続中」

再びベンチに腰を下ろし、茂は頭を掻いた。

「あはは」

正子は手を叩いて笑った。

「恋に振り回されて、ばかみたいだろ」

茂は自嘲した。

「うん」

正子は素直に頷いた。

「あーあ、正子との結婚生活は楽しかったのに、こんな風になって、自分でも残念だよ」

茂は肩をすくめた。

「私も残念だけれど、由紀夫が生まれたし、茂との結婚を後悔していないよ。人生、いろんなことがあった方が面白いしね。世の中、離婚して幸せになった人もいっぱいいるみたいだし、私も頑張るよ」

「こんなこと、俺の方からも言っていいのかわからないけれど、正子と結婚したこと、俺だって、今もこれから先も、絶対に後悔しないよ。由紀夫が生まれたこともそうだけれど、それだけじゃなくて、正子との結婚は素晴らしく良いことだったと思っている。別れるときも言ったけれど、正子を、嫌いになったことは一度もないし、これからも嫌いにならないと思う。ただ、他に好きな人ができて、一緒に暮らせなくなっただけなんだ」

「あのさ、離婚の話を進めていたとき、もしも、『片思いを続けていいから、家族でいよう』だとか、『外に恋人を作ってもいいから、父親役だけやって』だとかと私が頼んでも、私とは一緒に暮らしたくなかった？」

正子は改めて質問してみた。

「世界には一夫多妻制や多妻一夫制の国もあるし、愛人がいてもうまくいっている家もあるから、そういう形も探れたのかもしれないね。だから、やっぱり僕は単純に、『正子のことを嫌いになってはいないけれど、一緒には住みたくなくなっちゃった』ということだね。僕は、ひとり暮らしをしたくなっちゃったんだ。片思いをしながらひとり暮らしをしたかった。その思いを止められなかった」

茂はじっくり考えながら喋った。

「そうか。うん、わかった」

正子は、茂の科白を聞きながら、「衿子と園子に対する自分の思いに似ているな」と考えた。

嫌いにはなっていないけれど、もっと姉妹になりたい人が現れただけなのだ。

もう園子とは、そして衿子とも、一緒には暮らせないかもしれない。でも、嫌いにはならないし、縁を切りたいとも思っていない。

「この先、正子に困難が降りかかって、俺にできることがあるときは、助けたい」

茂はそう続けた。

「そうか」

正子は頷いた。

離婚は大変だったし、傷ついた。でも、正子と茂は決して嫌な関係にはならなかった。

「きれいな離婚なんてない」「円満離婚とみんな言いたがるが、仲が悪いから離婚するのであって、仲が良ければ離婚しないはずだ」といった意見を世間でよく耳にし、確かにそうだ、自分たちの離婚も決してきれいなものではない、と正子も思うのだが、良いか悪いかという二元論で人と人との関係を見るなんて変だとも感じる。離婚で「さようなら」と挨拶を交わしたが、それでも正子と茂の関係は終わっていない。細々とではあるが、切れることなく関係が続いていく。きれいな関係ではないが、嫌な関係でもない。相手のことを好きだとはもう到底思えないが、憎んではいない。万が一、茂がものすごい苦境に陥って、正子に助けを求めてきたら、正子も茂を助けるかもしれない。たとえば、茂の母が重い病気になって、正子や由紀夫に何か手助けできることがある場合など……と想像しても、そんな場合にできることなど今はまったく思いつかないので、実際には助け合うことなんてまずないだろうが、「今後の人生で茂とは絶対に助け合わない」とまでは決めていない。この先、茂か正子、あるいは両方に、別のパートナーが現れたとしたら、茂との関係はさらに細いものになっていくだろうが、それでもゼロにはならないだろう。恋愛感情は消失せたが、友情のようなものはある、と正子は思う。

その考えを進めると、姉妹と「さようなら」の挨拶を交わした場合も、友情のようなものは残るかもしれない、という気がしてくる。

園子が家を出ていっても、園子のことはずっと気にかかるし、もしも困った状況に園子が陥ったら、必ず助けたい。

今後、衿子と「さようなら」と言い合うことがあっても、同じだ。

人間関係というものは、一度紡いだら、細くすることはできても、消すことはできない。

「あ、起きたなー、由紀夫」

茂はベビーカーのシートベルトを外し、由紀夫を抱っこした。由紀夫は目をぱちぱちさせながら、茂の顔をじっと見つめた。

「起きたね、由紀夫」

正子も由紀夫の頰をつついた。

それから、バスで武蔵境駅に戻り、駅前にある武蔵野プレイスという図書館でさらに絵本を数冊読んであげてから、帰途に就いた。

「ありがとう、茂。今日、話せて、良かった。また、二ヶ月後によろしく。さあ、由紀夫、パパにバイバイだ」

駅の改札を抜け、反対側のプラットホームへ行く茂に、正子は手を振った。由紀夫も、正子を真似して手をぷらぷらと振る。やはり別れというものをまだ理解しておらず、泣きはしない。

「由紀夫、可愛いなあ、由紀夫。またな、由紀夫」

ちょっと涙ぐんでいるらしい茂は、名残惜しそうにエスカレーターを上がっていった。

正子はベビーカーを押し、エレベーターで上がる。すると、向かいのプラットホームに茂が立っていたので、笑ってしまった。気まずく電車を待つ。正子の方の電車が先に来たので、再び手を振って乗り込んだ。電車の中から、また由紀夫の手を取って、茂に向かって三度手を振らせる。

電車に揺られながら、「茂と話せて良かった」としみじみ感じた。話しているうちに、正子の姉妹観はふんわりと明るくなった。

結婚相手を自分で決めて、離婚も自分の判断で行えて、再婚や再々婚もできる自由を持てる時代に生きているのに、姉妹を自分で決められないのはおかしい。そんなことを正子は考えたのだった。

六　金と空間は無駄に使え

正子はとうとう決心した。

それで、金曜日の夜、由紀夫をあぐりに預け、衿子と二人だけでテラスで夕食をとり、ゆっくり話そうと計画した。

『屋根だけの家』の二階にあるテラスは、「ときどき外で食事をしたら、気分が良いだろう」と考えて、設計時に正子から建築家に注文したものだ。しかし、実際には、そんな風にテラスを活用したことはない。冬は寒いし、真夏は暑い上に虫がいるし、雨の日はもちろん駄目だし、テラスに出て気分が良くなる季節は実はかなり短い。それに、家を建てたあと、すぐに元夫の茂とはうまく行かなくなった。妊娠中、ひとりでテラスに出てぼんやりと夕日や朝日を眺めるときはあったが、食事をしようとまでは思わなかった。

由紀夫がハイハイなどで動き回るようになってからは、テラスどころか二階にさえも正子は行かなくなった。乳幼児がベランダから落下する事故がよくニュースになっており、慎重になってしまう。一歳児は体が小さいから、たとえ「頑丈な柵があるから大丈夫」と大人が感じても、細い隙間からするりと抜けてしまうことがあるらしい。また、子どもは毎日発達するので、「まだ自分で窓を開けられないから大丈夫」と窓を閉めた室内で遊ばせていたら、いつの間にか鍵を開ける能力を身につけていて、親が目を離した隙に自分で鍵を開けてベランダに出て落下した、という事例もあるらしい。落下は怖い。階段をハイハイなどで上がる途中で転がり落ちてしまうこともあるので、階段も気をつけた方がいい、とも聞く。そもそも『屋根だけの家』の螺旋階段は隙間がたくさんあって危険な造りなので、初めての子でおっかなびっくり育児をしている正子は、ほとんどの時間を一階で過ごすようになった。だから、その頃に衿子と園子が引っ越してきて、二階と三階をそれぞれの部屋に割り当てたのは、ちょうど良かった。おそらく、由紀夫は一階だけを家だと思って暮らしていることだろう。

あぐりに、「衿子とゆっくり話したいことがあるので、由紀夫を見ていてくれないか」と頼んだところ、

「あー、いいよ、いいよ。ゆっくり食事しなよ。私、由紀夫と遊ぶの好きだから。ボールか絵本か積み木で遊んでるよ。明日は午後出だし、今日の夜は暇だから。ごはんも、お姉ちゃんが作っておいてくれるなら、食べさせとく。私の分も作っておいてくれるなら、由紀夫と一緒に食べる」

あっさりとあぐりは請け負ってくれた。

あぐりは、やりたくないことは、いつもキッパリと断ってくるので、本当に負担に感じていないだろうと思われた。そして本当に由紀夫はあぐりのことが大好きだ。あぐりが帰ってくると、「あー、ううわー、あー、あー」と大騒ぎする。どうやら、あぐりのことを、「あー」と呼んでいるらしい。あぐりの方では、「おう、由紀夫、ただいま」と、にっこりするでもなく、低い声で小さく返す程度だ。由紀夫にとっては、そこがまた魅力なのかもしれない。由紀夫の顔色を窺って猫っかわいがりしてくる大人ばかりの中で暮らしているから、異彩を放つあぐりを由紀夫が特別視するのは自然なことだ。そして、素っ気なくされることで、由紀夫としてはリラックスして遊べるのだろう。

衿子とは事前にSNSで約束を取り付けておいた。仕事から帰ってきた衿子は、「じゃあ、二階で待っているね」と二階に上がっていった。

正子はパン屋でシンプルな味のパンをいくつか買ってきた。それから、クラムチャウダーとカプレーゼを作った。メインにはちょっと豪勢なものを、と企み、鳥のもも肉をオーブンで焼いた。

由紀夫には、クラムチャウダーの具材を細かく切って小鉢に入れた。そして、チキンも細かく切って皿に盛り、トマトの皮をむいてみじん切りにしたものを添えた。

「私とお姉さんはビールを飲むけど、あぐりにはグレープフルーツジュースを買っておいたよ」

正子は冷蔵庫から瓶を出して見せた。

「わ、嬉しいな。ありがとう」

あぐりはアルコールに弱いらしく、飲み会などの特別な日は一、二杯のビールを嗜（たしな）むのだが、理由なく飲むということがない。ジュースの方がリラックスできるという。

正子が料理をしている間、あぐりは手伝おうとする気配をまったく見せず、床に横になったまま、指人形を由紀夫の方に向けて「僕はネズミです。アイスランドのレイキャヴィークから来ました。キノコが好きです」などと声色を作ってダラダラしていた。アイスランドだのキノコだのというキャラ設定はどこから来たものなのかさっぱりわからないが、あぐりなりに楽しんでキャラを動かしているのだろう。由紀夫はまだ集中力があまりないので、最初はネズミの方を見るが、すぐにひとりでふらふらと部屋の中を歩き回り始め、他のオモチャをいじったり、畳スペースを仕切っているカーテンをいじったりする。しばらくするとあぐりの横に戻ってきて、指人形を指差して、「きゃきゃ」と笑う。でも、また、ふいっと遠くに向かって歩き出す。

でき上がった料理と一緒に缶ビールを二つ、花柄のトレーに載せる。缶ビールは、「水曜日のネコ」と「よなよなエール」という可愛らしい銘柄だ。

二階に上がり、

「お姉さん、いい？」

と声をかけると、

「うん、どうぞ」

衿子は手招きした。先ほど、市役所から帰ってきたときはスーツ姿だったが、ボーダーシャツにブラックジーンズというリラックスした服装に着替えている。

「ごはん、持ってきた」

「わあ、ごちそうじゃないの。おいしそう」

「おいしいといいんだけれど」

正子はにっこりした。

「テラスでごはん食べるの、初めてだね。窓を開けるね」

衿子は掃き出し窓の鍵を開ける。初夏の空気がむわっと部屋に入ってくる。

「ちょうど良い暑さだね」

正子はつっかけに足を入れて外に出た。

「あ、つっかけって一足しかないから、私、自分のサンダルを下から持ってくる」

衿子が言って、くるりと背を向けた。

「あ、悪いね」

正子は見送り、その間にテーブルに皿をセッティングする。

「二人だけで食事するのって、久しぶりよね」

戻ってきた衿子が、ことんことんとテラスにサンダルを置いた。三センチほどのヒールがある、シンプルな黒いサンダルだった。右手には、無印良品の「LED持ち運びできるあかり」を持っている。

「そうだね。大人になってそれぞれ独立してからは大概は園子も一緒に三姉妹で外食したし。ここに来てもらってからは、由紀夫が常にいるし。もしかしたら、十年ぶりくらいかも」

正子は先に椅子に座った。テーブルも椅子もアルミ製だ。

「そうかも、正子ちゃんが『鳳』で働いていた頃、私が用事でたまたま『鳳』の近くに行ったことがあって、そのときごはん食べたよね」

衿子があかりを持って近づいてくるので、テーブルや椅子が銀色に光る。

「ライト持ってきてくれたんだね」

正子は礼を言った。

「うん、すぐに暗くなるでしょう？」

衿子は夕暮れの空に目をやった。まだ日は落ちていなくて、空は赤色と橙(だいだい)色と群青色の層になっている。

「なんか、タイ料理だったっけ？」

正子は話を戻した。

「そう、そう。すごく辛かったの」

衿子はテーブルにライトを置いた。

「パパイヤのサラダとかね」

「ビールをたくさん飲んじゃったわよね」

「あ、ビール、飲む？」

正子は缶ビールを衿子の前に出した。

「うん、いただこうかな」

衿子も腰掛けた。

「どっちがいい？『水曜日のネコ』と『よなよなエール』と」

正子は、ビールの缶をくるりと動かし、衿子にラベルが見えるようにした。「水曜日のネコ」は水色の背景にネコの絵、「よなよなエール」は黄色い背景に黒い夜の絵がついていて、どちらも女性受けが良さそうなデザインだ。衿子も正子もビールに詳しくないし、味にこだわりもないので、インスピレーションで選ぶしかない。

「どっちでもいいよ。正子ちゃんが先に選んで」

衿子は両手を正子に向けた。

「私もどっちでもいいんだけどな。お姉さん、どっちかと言ったら、どっちがいい？」

「うーん、正子ちゃんが選ばなかった方で」

「あはは、お姉さん選んでよ」

「うーん、うーん、正子ちゃん、好きな方あるでしょう？」

「じゃあ、『よなよなエール』にしようかな」

正子は指差しながら、選ぶのって面倒だな、と思った。

「そしたら、私は『水曜日のネコ』」

衿子は水色の缶を手にした。

「缶のままでいいよね？　乾杯」

「そうだね、乾杯」

二人は缶ビールの縁を合わせた。

「はあ、やっぱり、アルコールはいいね」

ビールをひと口飲んで、正子はため息をついた。妊娠してから断乳するまでの酒を断っていた期間をしみじみ思い出した。

「じゃあ、お食事も、いただきます。うん、おいしい」

スープをスプーンでひらりと掬って、衿子は頷いた。

「良かった、いただきます」

正子も手を合わせて、カプレーゼにフォークを刺した。

「ここ、いい景色ね。まあ、道を歩く人から、ちょっと見られそうだけれども」

衿子は外に目を遣る。一応、柵はあるのだが、道を歩く人が見上げれば、こちらの顔が見えるだろう。

「見られても、別に悪いことしているわけじゃないし」

「まあね」

「今日はさ、お姉さんに話したいことがあって」

正子が切り出すと、

「そうでしょうね」

衿子が肩をすくめた。

「私、お姉さんたちとは別に、姉妹になりたい人ができたの」

正子は、ひと息で言った。これは、茂が正子に離婚を切り出した科白のヴァリエーションだ。正子はこの科白を予め用意していて、食事が始まったらすぐに言おうと決めていた。最初の勢いで言ってしまわないと、言いづらくなりそうだったからだ。雑談が盛り上がったら、切り出すのがつらくなってしまうかもしれない。他の話題を抑えて先に話そうと思っていた。

「え？　どういう意味？」

衿子は目を見開いた。

「あ、驚いた？」

「驚いた。まあ、園子ちゃんのことか、百夜さんとあぐりさんのことか、その辺りの話だと思っていた。あるいは、家を出ていって欲しいという話か。まあ、あんまり、良い話ではないだろうな、と覚悟はしていたけれど、そんなわけのわからない話とは」

「え？　そうだよ、その通りだよ。園子と百夜とあぐりの話だよ」

「わからない」

「お姉さんと園子ちゃんではなくて、百夜とあぐりと姉妹になりたいな、と私は思うようになったの。もちろん、今でもお姉さんと園子ちゃんのことは大好きで、二人には幸せになって欲しいと願っているんだよ。でも、私にはお姉さんと園子ちゃんを幸せにすることはできなそう。少し距離を置いた方がお互いのためになるのではないかな、と考えるようになって……」

　正子が滔々と喋り始めると、

「待って、待って」

　衿子が両手を挙げて制した。

「うん、待つ」

「ついて行けない」

「どの辺りに？」

「姉妹になりたい、って？　姉妹ってものは、なりたいとかなりたくないとか、そういうものじゃないでしょう？」

「え？　でも、『家族になりたい』とか『なりたくない』とか、そういう科白はよく聞くじゃないの」

正子がとぼけると、

「それは、恋人同士が、結婚を考えるときに話すことでしょう？」

衿子は首を振った。

「それだけかな？　養子を迎えるときは？」

「まあ、そういうときもあるでしょうけれども」

「今は特別養子縁組のシステムが整ってきたり、戸籍のあり方が問われるようになってきたりしているでしょう？　親子の関係を見るときに血の繋がりがあるかどうかを気にするのは良くない、っていう考え方が一般的になってきたわけで、だから……」

正子はペラペラと喋りながら、フォークとナイフを動かしてチキンを切り分けた。

「いや、いや、いや。話をすり替えている」

「すり替えていないって。家族の話だよ」

「姉妹の話でしょ」

「姉妹は家族でしょ。今の時代、家族は自分で選べるんだよ」

「姉妹は別でしょ」

「昔は、結婚相手も親も子どもも、自分で選べなかったんだよ」

「そうだよ」

「でも、今は、結婚相手も親も子どもも姉妹も、自分で選べる時代になったっていうわけ」

「はあああああ」

衿子は大きくため息をついた。

「自由な時代なのに、姉妹だけ選べないのはおかしいじゃないのさ」

正子は胸を張った。そして、肉を食べた。

「理屈はわかったけれど、そんなことをする必要性がない」

衿子もチキンにナイフを入れた。

「そもそも、自由がなかった時代でも、兄弟の契り(ちぎ)を他人同士で良く交わしていたじゃんか。三国志でも、劉備(りゅうび)だか関羽(かんう)だか張飛(ちょうひ)だか知らないけれど、桃の木の下で、自分たちは兄弟だと言い張ってなかったっけ？　歌舞伎のなんかの演目でも、喧嘩(けんか)していたはずの男二人が話し合ったら仲直りできて、その仲直りが盛り上がりすぎて『俺らは兄弟だ』って急に言い出して、着物の袖(そで)を交換し始めたのを見たことあるよ」

正子はさらにチキンを口に運んだ。

「桃とか袖とか、知らないけれども。ともあれ、あんたの考え方はあんたのものだから、それを変えようなんて思わないよ。家族の概念なんて人それぞれ別のものを持っているんだろうし、正子ちゃんと私が違うものを持っていたって不思議ではないよ。私には理解できない思想を正子ちゃんが持っていたって、それは私に関係ないことよ。でも、こっちは姉妹だと思って四十年近く正子ちゃんに愛情を持って過ごしてきたわけだけれども、それをなしにしたい、って、今、私、そういう挨拶をされているわけ？　そりゃあ、こっちとしては、はあああああ、となるわよ」

衿子は冷静に怒っている。

「なしにしたいとは思っていない。これまでのことは、私にとっても大事な思い出だ。子どもの頃から、そして大人になってからも、お姉さんにはたくさん優しくしてもらって、そういうひとつひとつのことをずっと忘れない。これまで、姉妹として過ごしてきたことを間違っていたとは思っていない。深い感謝は残る」

正子は首を振った。

「いや、過去を否定したいんでしょう？　過去を肯定しているのなら、関係を変えようなんて思わないはずじゃないの」

「でも、離婚もそんな感じだったよ。過去は間違っていなかったし、過去を共に過ごした相手に感謝をしているけれども、これからは別々だね、幸せを祈っているよ、って……」

「正子ちゃんの下手な離婚と一緒にしないでよ」

　衿子は冷徹に言った。

「ちょっと、確かに上手には離婚していないけれども、毎度毎度、離婚を侮辱しないでよ」

　正子は頰を膨らませた。

「はい、はい。あー、おいしい」

　衿子は大きくチキンを切り取って、頰張った。

「あー、肉はおいしい」

　正子も食べた。

「……それ、百夜さんとあぐりさんには言ったの？」

　衿子は食べながら尋ねた。

「え？　告白のこと？　ううん、していないよ」

　正子は首を振った。

「告白って、あはは。まあ、でも、そういうことか」

　口元に付いたグレービーソースを紙ナプキンでぬぐって、衿子は笑った。

「先に、お姉さんと園子ちゃんに言ってから、百夜とあぐりに『姉妹になりたい』って告白するのが筋ってもんでしょう」

真顔で正子は言った。茂も、正子と別れてから、片思いの相手に告白すると言っていた。

「そうか。で、その告白っていうのをしたときに、百夜さんとあぐりさんの方から、『でも、私たちは姉妹になりたくない』って断られたらどうするつもりなの？」

「えーと、その場合は、私はこれから、ひとりっ子として生きていく」

「じゃあ、百夜さんたちとは関係なく、とにかく私とは縁を切りたいわけね？」

「いや、縁は切らない。勝手なことを言うようだけれども、私としては、これからは友だちとして交際をお願いしたい」

「それはどうかな？」

「まあ、お姉さんさえ良ければ、という勝手なお願いだから……。断られたら、こちらとしては諦めるしかない。でも、縁は切れないと思っている」

「離婚する人だって、恋人と別れる人だって、『もう友だちには戻れない』って、みんな言うじゃないの。親密な関係になった人とは、友だちになれないんだと思うよ」

衿子は首をすくめた。

「そうだね。でも、私と茂の場合は、友だちになったよ」

正子はクラムチャウダーを口に運んだ。

「それ、疑わしいよね。正子ちゃんがそう思っているだけで、向こうはどう思っているか……。あるいは、正子ちゃんに復縁願望があって、友だちとしてでも繋がっていたいとしがみついているだけかもしれない。ただ、離婚のことに私が首をつっ込むとまた正子ちゃんがヒステリーを起こすものね。だから、もう触れません」

衿子は正子と茂の友情を否定しながら、パンを千切った。

「ヒステリーだなんて、ひどいなあ」

正子はフォークを置いて、目を伏せた。

「そうですか。……でも、まあ、そうだな、急に言われたことだから今は頭が混乱しているけれども、とにかく私は、正子ちゃんとは友だちにはなりたくないな。なんていうか、これまで、『自分はお姉さんで、上の立場なんだから、我慢してあげなくちゃ』だとか、『妹は、年下なんだから、優しくしてあげなきゃ』だとか、自分の気持ちをぐっと堪えて正子ちゃんのためにやってあげたことがたくさんあったの。正子ちゃんの方では、それをどう思っていたのかは知らない。でも、私としては、頑張ってお姉さんをやってあげていたつもりだった。それなのに、『これからは友だちで』って平気で私に言ってくるのって、『それはないよ』と私としては感じるし、これまでの『やってあげた』という気持ちを自分で処理して、まっさらな気持ちで正子ちゃんと友だちづき合いを始めるなんて、私には難しすぎる」

衿子はパンを咀嚼し、飲み込んだあと、ゆっくり喋った。

「そうか、残念だけれど」

正子はうつむいた。本当は、もっと深い礼や謝罪を衿子から求められているのを感じたが、正子としては、もうこれ以上の礼を言いたくないと思ってしまった。

「この『屋根だけの家』を出ていって欲しい、友だち同士で暮らしたい、っていう話だったら、まだ、理解できたと思うんだけれどね。まさか、姉妹を止めたい、という、そこまでの話だとはね……。はあああああ」

衿子はまたため息をついた。

「要するに、私がふざけた性格なんだと思う」

正子はまとめた。

「その通りだ」

衿子は認めた。

「そう思っていなかったでしょう？」

「思っていなかった。正子ちゃんは、服装も地味だし、言動も真面目風だから、ふざけたルールで人生を進めることなんてないと見ていた」

「真面目に見えても、芯はふざけているんだよ」

正子が肩をすくめて、おどけた表情をして見せた。大概は、逆だ。ふざけていても、芯が真面目な人は結構多い。

「そんな風には思っていなかったわ」

ふう、と衿子は、今度は軽くため息をついた。

「自分でも、なんでこんな考え方になったのか、わからない。面食いと一緒で、生まれつきの嗜好かもしれない」

正子は平然と言ってのけた。

「お金はどうするの？」

改まった顔で衿子は尋ねる。

「え？　お金？」

正子はきょとんとした。

「あとで、『お金がなくなっちゃった』って泣きつかれても、もう、助けてあげられないよ。これまでの関係だったら、万が一、正子ちゃんが何か失敗して苦境に陥ったら、私が助けてあげようって思っていたけれど、姉妹を止めたい、なんて言われたら、これからどんなに困った状況に正子ちゃんが陥っても、もう、私は助けてあげる気持ちにはなれないと思う」

衿子はむしろ優しい口調になった。

「助けてなんて言わないよ。これまでだって、大人になってからは、『助けて』なんて、お姉さんには一度も言っていないはず。お姉さんが勝手に助けてきたんだよ。それを、きちんと断らなかった私が悪いんだけれど」

つい、正子は声が大きくなった。

「ああ、そう」

衿子は顔を紅潮させた。

「……言い過ぎた、ごめん」

正子は小さく頭を下げた。

「うん。……つっ込んだことを聞くのは失礼かもしれないけれど、百夜さんとあぐりさんからは、家賃をもらっていないんだよね?」

衿子は冷静な顔に戻って、質問した。

「うん」

正子は認めた。

「なんで平気なの?」

「なんでって?」

「だって、私と園子ちゃんは、きちんと家賃を払っていたでしょう? 親しき中にも礼儀あり、って、みんなが言ってるよ。姉妹間でも親子間でも、家に住まわせてもらったり、子どもを預かってもらったりしたら、他人にやってもらったのと同様のお金をきちんと渡した方がいいっていうのは、『発言小町』でも『Ｙａｈｏｏ！知恵袋』でも盛んに言われていることだよ」

　衿子は、インターネットの相談サイトを例に挙げた。

「そういうの、私も読んだことある。家族間でもお金をきちんと遣り取りするのが、今の時代の常識なんだな、って思う」

　正子は同意した。

「じゃあ、どうして？」

「だから、つまりはやっぱり、『私は常識に染まれない』ってことだと思う」

「最近は、あぐりさんや、ときどき百夜さんにも、子守を頼んでいるみたいだけれど、お礼は渡しているの？」

　衿子は質問を続けた。

「渡していないんだよね」

　正子は首を振った。

「ずるいじゃないの」

「ごめん」

「私が『タダで子守をしてあげる』って言ったときは、『どうしてもお金を受け取って欲しい。そうじゃないと、自分の気が済まない』って、無理矢理に封筒を握らせてきたじゃないの」

「そうだったね」

「考えが変わったの？」

「考えは変わっていないんだけれど……。なんて言ったらいいのかな、ちょっとした言葉の使い方とか、微妙な相手との関係性とかで、お金を払いたいか払いたくないか、受け取りたいか受け取りたくないかが決まってくるんだと思う」

「そしたら、私の言葉遣いが悪かったと言いたいわけ？」

衿子は眉毛を上げた。

「いや、お姉さんの言葉遣いはまったく悪くない。普通に考えて、あぐりの方が言葉遣いは悪いし」

正子は答えた。

「私も、正直なところ、そう思う」

衿子は同意した。

「私ではない、他の人だったら、お姉さんと姉妹として仲良くつき合えたに違いないよ。でも、私とお姉さん、っていう組み合わせだと、どうしても気を遣い合ってしまうというか、お姉さんが優しすぎる分、私がそれを返せなくて重荷に感じてしまうというか……」

もごもごと正子が喋り出すと、

「おいしかった、ありがとう。コーヒー、淹れようか？」

衿子は立ち上がろうとした。

「あ、うん。デザートも食べる？　アイスクリームを買っておいたんだ。バニラでいい？　私が淹れてくるよ」

「私が淹れるよ。アイスも持ってくる」

「いいって、私がやるから。お姉さんは待っていて」

正子は制して、自分が立ち上がった。気を遣い合うのに疲れた。

「わかった、ありがとう」

衿子が座り直してくれたので、正子は食べ終わった食器をトレーに載せて螺旋階段を下りた。

一階では、由紀夫とあぐりが食事をしていた。ダイニングテーブルに子ども用の高い椅子を付けて、スプーンを動かしている。あぐりは自分の分を先に食べたようで、大人用の皿は空になっていた。

「やばい、やばい、由紀夫、これ、持ってってば、あー、こぼれる。あー、こぼれた」

あぐりが笑いながら由紀夫のスプーンを手伝っている。

「あぐり、ありがとう。良かったねー、由紀夫、まんま、楽しいね」

正子はキッチンへ行って、コーヒーメーカーをセットしながら声をかけた。正子はカフェインレスではないコーヒーを飲むのは久しぶりだが、今はたとえ眠れなくなってもカフェインを摂(と)りたい気分だ。

「いや、いや、床が食べかすだらけになっちゃった。あっはっは」

あぐりが腹を抱える。

「あっはっは」

由紀夫も真似して腹を抱える。

「いいよ、いいよ。そのままにしておいて。私があとで片付けるから。冷凍庫にレディーボーデンがあるから、良かったら、あぐりも食べてね。由紀夫はまだアイスは食べられないんだけれど、バナナがあるから、デザートを食べたそうだったら、あげてもらってもいい？」

正子が言うと、

「バナナがあるって、あとで食う？」

あぐりが聞くと、

「うん」

由紀夫は返事をする。

「皮をむいてあげたら、自分でかじるから」

正子が言うと、

「わかった」

あぐりが返事をする。

「あぐりもコーヒー飲む？」

「いらない」

それで、正子は二人分のコーヒーをマグカップに作り、レディーボーデンのカップからバニラアイスを大きなスプーンで掬い取ってガラスの器に盛り、トレーに載せて二階へ運んだ。

「お待たせ」

マグカップとガラスの器をことんことんとアルミのテーブルに置くと、

「はあ、この変な造りの家とも、とうとう、お別れなのね」

衿子がつぶやいた。

「ごめんね。引っ越しは、いつでもいいから。ゆっくりで……、準備ができてからで。あと、良かったら、引っ越し代とか、お部屋の初期費用とか、こちらで持ちたい」

正子が言うと、

「さすがに、いらないよ」

衿子は首を振った。

「だけれど、こっちの都合でのお願いだし。もともと私を心配して来てくれたんだし」

正子は食い下がった。

「いいって」

「あー、うーん」

「というか、本当にやっていけるの？　貯金っていうものは、いつかなくなるんだよ？　計画を立てて、無駄使いをしないようにしないと。人助けをして、いい人になった気分を今は味わえても、貯金がなくなったときにも同じ気分でいられる？」

　衿子がマグカップの縁に口を付けながら言う。

「人助けなんてしていないよ。端的に言えば、雑にお金を使っているということだと思う」

　正子もコーヒーを飲んだ。

「どうして？　無駄をなくしたくないの？」

　衿子はアイスクリームをスプーンで掬った。

「私、無駄が好きなのかもしれないなあ。この『屋根だけの家』だって、変な螺旋階段を作ったり、壁をなくしておかしなところに柱を立てたり、空間を無駄にしているでしょう？　敷地面積のわりに広く見えるとか、収納がたっぷりとか、そういうのは設計のときに求めなかったから、私は元々、無駄にすることが気にならないタチなんだと思う。いや、むしろ、無駄にするのが好きなのかも。無駄をなくすことをあくせく考えて暮らすより、面白い人生を過ごした方がいいもの」

　正子もスプーンを動かした。コーヒーで苦くなっていた口の中で、甘ったるいアイスが優しく溶けた。

「ふうん」

衿子は素っ気なく相槌を打った。

「うん」

正子は頷いた。

「まあ、それはそれとして……。収入はどうするの？　就職活動は進んでいるの？」

「えーと、うまくは、行っていないよね。でも、それは想定内だし。とにかく、食いぶちのことは、自分でなんとか考えるから」

「定収入がないのに、よくそんなに落ち着いていられるね。由紀夫くんがかわいそうだとは思わないの？」

衿子は批難した。

「親に定収入がない場合、『子どもがかわいそう』と世間から思われるんだね。勉強になるなあ」

「そりゃあ、そうでしょう」

「参考にするね」

正子はにっこりした。

「あっそう。じゃあ、私、ゆっくりと引っ越しの準備するわ」

衿子は言った。

「ありがとう、悪いね」

正子は頭を下げた。

そして、アイスクリームを食べ、コーヒーを飲み終えた。

空には、ぽつりぽつりと星が浮かび始めた。星たちは遠い宇宙から姉妹の移り変わりを眺めていた。


ひと月後、衿子は『屋根だけの家』を出ていった。

引っ越し業者が来て、衿子の荷物がすべて運び出された。数時間後に衿子は戻ってきて、二階に掃除機をかけ、雑巾で拭き、きれいに磨き上げた。

掃除が終わると、衿子は一階に下りてきた。そのとき、家にいたのは正子と由紀夫だけだった。あぐりは仕事、百夜は買い物に出ていた。

園子のときはなんとか堪えた正子だったが、

「じゃあね」

衿子が正子をまっすぐ見て挨拶してきたので、

「うわあああん」

号泣してしまった。

「なんなの、子どもみたいに。こっちが困っちゃうじゃない」

そう言いながらも、衿子もうっすらと目を潤ませた。

「うわあああん」

由紀夫も正子につられて泣き始めた。

「わ、わ、私が……、勝手なこと言って……」

正子は嗚咽した。

「そうだよ」

衿子は赤い目で頷いた。

「お、お、お姉さんは、なんにも悪くないのに……」

正子は首を振った。

「そうだよ、私は、なんにも悪くないのにね。とにかく、縁は切れないとしても、まあ、今日で、とりあえず、一度、お別れだよね」

衿子はショルダーバッグからハンカチを出して、目頭をそっと押さえた。

「別れたくない」

正子は膝の力が抜けて、床に手をついた。

「いや、いや、いや。別れましょう」

衿子は泣き顔を止めて、玄関の向こうへ視線をやった。

「行かないで」

正子はすがろうとしたが、

「さようなら、元気でやるんだよ」

衿子はドアを開け、外に出た。

玄関の前には夏の日差しがまっすぐに降りてきていた。街路樹の緑が鮮やかで、道路には葉の影がくっきりと濃く映っている。

空は青く、入道雲が浮かんでいた。

「うわあああん」

由紀夫はいつまでも泣き続けた。

七　雨に濡れず、風にも吹かれず、外が見たい

「あぐりって、工場で何をやっているの？」

二階の床に寝そべってぼんやりとしながら、正子は尋ねた。正子の両サイドに百夜とあぐりが寝転がっている。由紀夫は正子の腹の上に頭を載せて猫のようなイビキをかいている。

正子の顔の真上に窓があって、そのガラスに雨が激しく当たっていた。夕立だ。ざんざん降りなので、すぐに止むのかもしれない。水の落下する音を聴きながらだらだら過ごしている土曜日の午後だった。

二階の大きな窓は天井に付いているので、まるで顔の上に雨が落ちてくるように感じられる。でも、濡れないから不思議だ。百夜とあぐりも、水滴によって絶え間なく形や色を変化させている窓をじっと眺めている。雨を楽しむのに、うってつけの窓だ。

この家に住む百夜と正子とあぐりと由紀夫の四人は、仕事や保育園などの用事が様々に

あるので、全員が揃って在宅しているのはめずらしい。核家族にありがちな四人という人数でこうやって横になっていると何かが込み上げてくる。

正子と〝血の繋がった〟衿子と園子が『屋根だけの家』を出ていって、「血の繋がらない」百夜とあぐりが堂々と住めるようになった。由紀夫は正子と血が繋がっているが、幼児なので血が繋がっているかいないかがあまり気にならない。すごく軽い気持ちだ。正子は、「プレッシャーだったんだな」としみじみ思った。「自分とあなたは〝血が繋がっている〟」と相手から思われていると感じると、好きになったり好きになられたりしなければ、という強迫観念が湧いた。気楽な関係から家族を作りたい。べつに、衿子や園子に欠点があったわけでも、百夜やあぐりが特別なわけでもないだろう。たまたま近くにいた他人と、家族同様に生活をしてみる、ということを正子はやりたかっただけなのかもしれない。

現在、二階は百夜、三階はあぐりが使うことが多いが、二人共ほとんど個人の物を持ち込んでいないこともあり、そして由紀夫が成長してそれほど危ない感じがしなくなったこともあり、みんなが一階も二階も三階も自由に行き来するようになった。

特に、二階にみんなで集まり、ゆっくりすることが多い。テラスで日光浴をしながら日曜日のブランチをとったり、ハンモックに座って酒やジュースを飲む「ハンモックパーティー」を開いて百夜の誕生日を祝ったりした。二階の螺旋階段の周りに新たな柵を作り、テラスの柵を二重にして頑丈にし、由紀夫の安全を図った。由紀夫はハンモックを気に入り、乗せるとにこにこする。

「パンを丸めている」

あぐりは両手を天井の窓に向かって高く挙げながら答えた。

「うん、パン工場ね」

百夜が相槌を打つ。

「そう。こうやってね……」

あぐりは両手を丸くして重ねた。

「ふん、ふん」

正子はぶっきらぼうに頷いた。ガラスに当たる雨の音は落ち着く。

「ふんわりと丸めることって、まだ機械にはできないんだって。今のところ、人間にしかない能力なんだってさ」

そんなことを、あぐりは言った。

「人間にしかできないことって、まだあるんだね」

正子は、いろいろなことができるようになった様々な種類の新時代ロボットに思いを馳せた。

「でも、パン作りだって、そのうち機械がやるようになるんじゃないかな。どんなことだって機械はできるようになるもんな」

あぐりは投げ遣りに言った。

「そうね、小説だってロボットが書けるようになるらしいよね。でも、機械ができないことをやるのが人間じゃないよ。機械ができることでも一所懸命にやるのが人間だよね」

百夜が会話を引き取った。

「いいこと言うね。自分にしかできないことをやるのが仕事じゃない。誰にでもできることでも自分なりに面白がって社会参加するのが仕事だよ。うん、うん」

正子も同調した。

「単調な仕事だけど、頭の中でリズムを取ったり、数珠繋ぎに考え事をしたりしているから、それなりに楽しいよ。パンはいずれ誰かの腹を満たすものだし、一応、やりがいも感じるな」

あぐりはまだ手を動かし続けてパンを表現している。

「パンは夜も作られているんだね」

正子が感心すると、

「ベルトコンベアーは止まらないよ」

あぐりが頷く。

「仕事って、お給料少なくてもべつにいいよね。死なない程度に、毎月もらえるなら。……って、居候しといてこんなこと言うのはなんだけども」

百夜が金の話をした。

「居候とは思っていないよ」

正子はきっぱりと否定した。

「親は『大学の授業料、いくらだったと思ってんの？』って、ぶつぶつ言っているけどな」

あぐりは目をつぶった。居候の話はスルーして金の話題を続ける。

「どういう意味？」

百夜が質問する。

「大学を出たのに工場勤務するのは採算が合わない、っていうことじゃない？　ホワイトカラーと言われるような仕事に就いて欲しかったんじゃないの？　私の上に三人もいるのに、私にも期待をかけるなんて、そんなに老後が不安なのかなー。投資のつもりで私に大学へ行かせたのかもしれないね。親の老後の面倒をみられるほど稼げていないからさ、まあ、親には申し訳ないよ。金に関してはね」

あぐりは頭を搔く。

「そうかー」

正子は頷いた。

「私自身、『これでいいのかな？』っていう思いも、少しは持っているよ。仕事内容は嫌いじゃないし、人間関係も悪くないけれど、お給料はめちゃくちゃ低いし、将来は見えないし。まあ、やっぱり親も、親自身の不安じゃなくって、『あぐりは将来、どうやって生きていくのかな?』と私のことを心配しているのかもね」

そう言いながらも、あぐりは他人事(ひとごと)みたいな顔をしている。

「老後かー。園子さんも老後の心配をしていたよね?」

百夜が思い出したように言った。

「園子も若いのにね。でも、今って、若い人の方が老後を不安がっている感じがしない?」

正子が指摘すると、

「そうかも」

百夜も頷いた。

「まあ、でも、私はそこまでは不安じゃないよ。家族がいなくなったって、年金とかの今の制度が終了したって、おばあさんになったら、きっと新しい誰かが助けてくれるよー」

あぐりは頭の後ろで腕を組んだ。

「雨、なかなか止まないね。止んだら夕食の買い物に行こうと思っていたんだけれど」

正子は由紀夫をそっと床に寝かせ、立ち上がって雨を見上げた。

「それにしても、窓ってすごいね」

百夜も立って、正子の隣に来る。

ナチを欺いた死体
英国の奇策・ミンスミート作戦の真実
ベン・マッキンタイアー
小林朋則 訳

スパイは死体!? 推理小説をヒントに英情報部の変わり者たちが仕掛けた大芝居が、大戦の趨勢を変える。最も奇想天外ながら最も成功した欺瞞計画の全容。

●1430円

戦国無常 首獲り
伊東 潤

手柄を挙げろ。どんな手を使っても――。首級ひとつで人生が変わる。欲に囚われた下級武士たちのリアルを描く衝撃の六篇。〈巻末対談〉乃至政彦×伊東潤

●748円

マネーの魔術師
ハッカー黒木の告白
榎本憲男

書き下ろし

天才ハッカーの黒木は、伝統工芸を研究する柴田澪に「金融資本主義に抗うため」の実験をするとうそぶくが――。彼は世界を相手に何を目論むのか?

●990円

大人になったら、
畑野智美

三十五歳の誕生日を迎えたメイ。カフェで働く日々は、それなりに充実しているが……。久しぶりの恋に戸惑う、大人になりきれない私たちの恋愛小説。

●858円

秀吉と利休
野上彌生子
利休生誕500年記念
●1320円

食卓のない家
円地文子
連合赤軍事件50年
●1430円

蓬萊島余談（ほうらいじま） 台湾・客船紀行集
內田百閒
●990円

馬鹿八と人はいう 一外交官の回想
有田八郎
●1100円

四季のうた 美しい日々
長谷川櫂
●880円

新装版 マンガ日本の歴史
㉒文明開化と激化する民権運動
石ノ森章太郎
●924円

天の血脈④
安彦良和
〈全4巻・中公文庫コミック版〉
●1210円

「え？　何が？」

正子が質問すると、

「自分がこんな大雨の中で濡れずに済んでいて、家っていうものはとてもありがたいなあと思うわけ。でも、家っていうのは、守ってくれているだけじゃないんだね。外を感じさせてくれる。すごくない？　こんなに欲張っちゃっていいのかなあ？　人間は、『雨は嫌だから家に入りたい』って思いながら、『雨を見たい』っていう欲も併せ持っているんだよね」

つーっとガラスの上を流れ、他の水滴にくっ付いて膨らみ、レンズのように空を歪ませる水の流れを目で追いながら、百夜がしんみりと言う。

「確かに、確かに。雨に濡れるの嫌、風に吹かれるの嫌、って私も思っているけれど、雨や風を感じるのは好きだもんな」

あぐりは寝転んだまま、片手で由紀夫の頭を撫でている。首さえも動かさず、目線だけをこちらによこして頷く。

「そうだねえ、人間は欲深い。考えてみれば、人間が家族を形成するようになったのも、最初は人生の荒波から守ってもらうためだったに違いないよねえ。死別や離別で悲しいときに誰かに側にいて欲しい、だとか、育児がひとりでこなせないから手伝って欲しい、だとか、お金がなくなったら援助して欲しい、だとか、そういうことが誰の人生でも起こるから、家族を作って助け合おうってことだったんだろうけれども、荒波を感じたくないわけじゃない、という。荒波を感じたい欲もある、という。守ってくれるだけの窓のない家には住めないのと同じように、荒波から守ってくれるだけの家族とは住めない。守ってもらうだけじゃ駄目なんだなあ。本当に、欲深いね」

正子はぼやけた空を眺めた。

「雨って、きれいだよね」

あぐりが窓を見つめながら単純なことを言った。

「あーめ」

由紀夫が窓を指差した。

「あ、由紀夫くん、起きたの？　雨って言えるんだね」

百夜が拍手をして由紀夫を褒める。

「あーめ、あーめ、あーめ」

由紀夫が喜んで盛んに喋り出した。これまでは動物などの身近な名詞しか話せなかったのが、つい最近、雨や月、川など、環境に関する言葉を言えるようになった。

「あ、小降りになったかも」

ふいに雨脚が弱まった。正子は目を細めた。

「おお、これは止むな」

なおも寝転がったままあぐりが断言した。

すると、本当にあっと言う間に雨は止んだ。

「……虹だ」

百夜が静かにつぶやいた。

「え？　本当に？」

あぐりは急にはしゃいだ声を出して起き上がる。

「本当だ、微かにだけど、虹色が見える。由紀夫、おいで。抱っこしてあげる」

正子は由紀夫を抱き上げて、虹を見せてやった。窓が濡れていてよく見えないが、ぼんやりと虹色が見える。由紀夫にとっては初めて見る大事な虹だ。

「せっかくだから、外に出ようよ。虹を見にいこう」

百夜が螺旋階段を下り始めた。

「そうしよう、早く、早く。消えちゃう」

正子も由紀夫を抱っこして、螺旋階段を下りた。引き出しから財布だけ取り、ワンピースのポケットに入れる。玄関で由紀夫に靴を履かせ、自分はサンダルに足を突っ込んで、鍵を握りしめた。

「よし、行こう」

あぐりも螺旋階段を下り、スニーカーのかかとを踏んで玄関を出た。

雨上がりの匂いに包まれながら、四人で周囲の空をチェックする。

「あれ？　あれ？」

虹を見つけられずに正子がきょろきょろすると、

「あっちの方の空じゃなかったかな。川へ行ってみよう」

百夜が先導して大野川に出た。川沿いの桜の木の間に、はたして虹が見えた。

「ああ、良かった。間に合った。こうやって、みんなで虹を見て、『虹だね』『虹だね』って言い合えるの、すごく嬉しいね」

正子はじっと空を見上げた。

「うん、幸せだね。虹って、見られると明日にでも良いことが起きそうな気になる」

百夜は正子に同意した。

「虹だよ、に、じ。にー、じー」

あぐりが由紀夫に虹という言葉を教えるが、由紀夫はピンと来ないらしく、押し黙っている。虹の方を見てはいるが、はかなく淡いものなので、きちんと認識できているのかどうかはわからない。

「あー、消えちゃうねー」

正子はため息をついた。虹はどんどん薄くなっていく。

「消えちゃったね。短い夢だったね」

百夜は両手を軽く挙げた。

「写真を撮るのを忘れちゃった。由紀夫と虹を一緒に撮影してやろうと思ってスマートフォンを持ってきたのにさ」

あぐりが肩をすくめる。

「いいよ、いいよ。虹というのは、そのはかなさに一番の魅力があるんだから、ね」

正子が由紀夫の顔を覗き込むと、同意するように由紀夫が微笑(ほほえ)んだ。

「どうしよっか？　これから、スーパーマーケットへ行く？」

あぐりが尋ねたので、

「ねえ、このまま、今日はみんなで外食しようか？」

正子は誘ってみた。

「え？　私、手ぶらで出てきちゃったから、お財布を取りに、いったん、戻らないと」

百夜が答えたので、

「今日は私から話したいこともあるし、良かったら奢(おご)らせて」

正子は申し出た。

「いいの？　じゃあ、お言葉に甘えて」

ちゃっかりとあぐりは笑った。

「そしたら、私もお言葉に甘えようかな」

百夜もにっこりした。恐縮したり、断ったりしないところが、この二人の良いところだな、と正子は思う。世間では、男同士だったら奢ったり奢られたりがよくあるのに、女同士だとあまりない。でも、この二人はそういう世間の風潮を気にしていない。

「駅ビルの、パンのレストランにしようか?」

正子は提案した。

「うん、由紀夫はパンが好きだもんな」

あぐりが頷く。由紀夫は本当にパンが好きだ。正子の言う「パンのレストラン」というのは、『ボーノ』という名のイタリアンで、小さなパンが食べ放題なのだ。お子様歓迎の雰囲気があって、店内には子連れ客がいつもたくさんいる。

「そうね、お任せする」

百夜もついてきた。

駅ビルまで歩き、最上階のレストラン街へ上がり、『ボーノ』に入店した。店員がお子様用チェアを出してくれて、由紀夫はその高い椅子の上にご機嫌で座る。チキンとキノコのクリーム煮、ローストビーフ、ミモザサラダ、白身魚のソテー、それからパン食べ放題を四人分オーダーした。そうして、順番にパンのコーナーへ出かけて、好きなパンを取ってくる。コーンパン、メロンパン、クロワッサン、チーズパンなど、どれもSサイズみかんぐらいの小ささで、由紀夫がつかむのにちょうど良い。

「さあ、どうぞ」

由紀夫の前にパンを置くと、由紀夫はコーンパンをぎゅっとつかんで、パクリとかじった。

「良かったね、由紀夫がおいしそうに食べるのが、私は本当に嬉しいよ」

あぐりはにやにやしながら由紀夫が頬張るのを見つめる。

やがて、注文した料理が運ばれてきて、食事が正式に始まった。

「おいしいね」

「うん、おいしい、おいしい」

百夜とあぐりは、家でも外でもいつだっておいしそうにものを食べる。経済的な負担を正子が多く負っているから、気を遣ってくれている部分もあるのかもしれないが、顔も仕草も嘘っぽくなく、奢ってもらうことを素直に喜んでいるように見える。正子は、この二人と一緒に食事をするのが、いつも楽しい。おそらく正子は、「奢りたがり」という性格なのだ。奢られる立場になると、相手に気を遣って萎縮してしまう。逆に奢る立場にいられると、リラックスできる。だから、衿子とはうまくいかなかった。「奢られたがり」の性格の百夜とあぐりだとぴったり合い、正子は愉快でたまらない。

それぞれ取り分けて、小皿に盛って食べる。由紀夫の分も、チキンとサラダを細かく切って小皿に載せた。

「楽しいね」

「まんま」

「みんなで食べるとおいしいね」

わいわいと言っているところで、

「もう家族みたいなものだものね」

ついに正子は切り出した。

「ふふ」

百夜は曖昧に笑う。

「お姉ちゃん、ありがとう」

あぐりが頭を下げた。

「それでね、私としては、本当に家族になってもらいたいんだ」

正子は改まった声で言った。告白の開始だ。

「どういうこと？」

怪訝(けげん)な顔で百夜が尋ねる。

「叶姉妹や阿佐ヶ谷姉妹みたいになりたいの」

正子は百夜とあぐりの二人の目を交互に見た。

「あははは」

あぐりはパンを片手に持ったまま大ウケしている。

「叶姉妹とおっしゃいましたか？」

百夜は困惑して敬語になった。

「叶恭子さんと美香さん。ライフスタイルプロデューサーの叶姉妹ね。奔放な姉と、しっかり者の妹の、完璧な組み合わせだ」

正子は続けた。

「うん、うん。憧れるの、わかるよ。あの二人、素敵だもんな。ファビュラスだよね」

あぐりは笑い続ける。

「血の繋がりはないらしいけれど、同居して、どこへでも一緒に出かけて、仕事でも助け合って、運命共同体で、本当の姉妹よりも、姉妹らしいでしょう？　新時代の家族なんじゃないかと思うの」

正子は真面目な顔で話した。

「あの二人、本当の姉妹じゃないんだ？」

百夜も衿子と同じく叶姉妹を実の姉妹だと勘違いしていたらしい。

「そうだよ。おそらく、最初は、お友だちだったんじゃない？　そのあと、何かしらのきっかけがあって、姉妹ユニットを組んだんじゃないかなあ？」

正子は簡単に説明した。

「ユニットねえ……」

百夜はローストビーフにナイフを入れながら、ほお、とため息をついた。

「阿佐ヶ谷姉妹もいいよね」

あぐりはレタスをパリパリかじる。

「渡辺江里子さんと木村美穂さんね。大人気のお笑い芸人さん。阿佐ヶ谷姉妹も、本当の姉妹じゃないんだよ」

正子が百夜の方を見て言うと、

「え？　そうなの？　阿佐ヶ谷姉妹ばかりは、〝血の繋がった〟姉妹だと思っていた。だって、似ているよね？」

百夜が目を見開いた。

「似ていても、血が繋がっているとは限らないということか、ふうむ」

あぐりが頷く。

「ちょっと前まで、二人で住んでいたらしいよ。江里子さんがツイッターに、『カラオケ終わってヨーカドーにいます。今うちにトマトありましたっけ？』って誤送信しちゃったことが話題になったんだよ。江里子さんは美穂さんに個人的なラインで冷蔵庫の中を尋ねたつもりだったのに、間違ってインターネットに載せちゃって、全世界に向かってトマトの有無を質問しちゃったんだよ」

　正子はパンをかじりながら、つけ加えた。

「幸せそうだね。つまり、親子だとか、姉妹だとか、結婚相手だとかじゃなくても、家族みたいになれるってこと？」

　あぐりが正子の気持ちを推察して喋る。

「そう、そう。〝血の繋がり〟なんて気にする必要のない時代が、ついに到来したんだよ。社会的に、『私たち、これからは姉妹です』って言って、活動を始めてしまえば、周囲から姉妹として扱ってもらえる時代なんだよ」

　正子はパンを嚥下して言った。

「でもさ、私と正子とあぐりは、顔立ちも雰囲気も似ていないよね？」

　百夜はそれぞれの顔を見た。

「そうだね」

　正子は認めた。

「だからさ、似ているか似ていないかは家族の重要事項じゃないでしょう？　由紀夫だって似ていないもんな」

　あぐりはずけずけと言った。確かに、由紀夫は母親の正子ではなく父親の茂にそっくりで、今のところ、見た目に正子と由紀夫の親子っぽい要素がないのだ。それは正子も自覚していたのだが、これまでそのことを他の人から指摘されたことはなかった。「親子は似ているべき」という暗黙の了解が世間にあるらしく、「似ていない」と指摘するのは親に対して失礼だと遠慮されるらしい。衿子や園子でさえ、由紀夫の顔立ちが親のどちらに似ているかという話題を出してきたことはなかった。

「そうなんだよ」

正子は頷いた。

「あぐ」

どこ吹く風で由紀夫はぱくぱくとパンを食べる。

「由紀夫はかっこいいよ。正子は、それが気になったことはある?」

百夜が尋ねた。

「私は面食いだし、かっこいい人や可愛い人の方が今の世の中では生き易いというのはあるから、由紀夫がかっこいいのは、とりあえず良かったかなあ……。ただ、眉毛とか目とかの要素は父の形をもらっていても、これから性格とか癖とかできてきたら、見た目は変化していくよね。怪我や病気をする可能性だってあるし。でも、由紀夫のことはずっと大好きなままだという自信はある。やっぱり、どんな顔だって子どもとなると、顔の美醜(びしゅう)はどうだっていいね。顔がそんなに良くなくても私だってまあまあやれているし、平気なのはわかっているからね」

正子はチキンとキノコにナイフを入れながら答えた。

「顔が良ければ生き易い、って、そこまででもないよ。すごい美人で女優になるとか水商売するとかだったら稼げるようになるだろうけれど、そこそこ整っているくらいで、地道な仕事していたら金になんて繋がんないよ。私を見なよ。結構、可愛いでしょ？　でも、金はないでしょ？　なーんにも得してないよ。セクハラされたり、痴漢に遭ったり、むしろマイナスなぐらいだよ。男だって、そこそこかっこ良いって人は何か嫌な目に遭っているんじゃないかなあ？　さて、新しいパンを取ってこようかな。由紀夫にも持ってきてやる」

あぐりは笑いながら立ち上がった。

「ありがとう、じゃあ、シンプルなパンをお願い」

正子は頼んだ。

「うん」

あぐりは頷いてパンのコーナーへ向かった。

「……正子がそんなことを考えているなんてね」

百夜がチキンを口に運びながらつぶやいた。

「子ども産んで、離婚して、『家族ってなんだろう』と考えていたんだよ」

正子はサラダにフォークを刺す。

「衿子さんと園子さんが出ていってしまって、申し訳ないとすごく思っていたの。責任を感じていた。あぐりは気にしていないみたいだけれど……」

百夜はテーブルの角を見つめた。

「姉と妹が出ていったのは、シンプルに私のせいだよ。百夜とあぐりは関係ない。もともと、最初に『屋根だけの家』に姉と妹が住みたいと言い始めたときに断るべきだったのに、なあなあにして受け入れてしまったのがいけなかった。そこから私たちの問題は始まっていたの」

正子は百夜の心配を否定して、説明した。

「それでも、私とあぐりが『屋根だけの家』に来たことが、衿子さんと園子さんと正子の関係に影響を与えなかったわけがないと思う。本当に、本当に、ごめんなさい」

百夜は深く頭を下げた。

「ううん」

正子は首を振った。

「はい、ホテルブレッドでいい？」

あぐりが戻ってきて、シンプルなパンを由紀夫の前に置いた。

「パン」

由紀夫はさっそく手でつかむ。

「二人に、改まってお願いしていい？」

正子は百夜とあぐりに向き直った。

「どうぞ」

あぐりが手で促し、

「うん」

百夜も頷いた。

「私と姉妹になってください」

正子は頭を垂れた。

「もちろんだよ。姉妹になろう」

あぐりは軽い口調で即決した。

「……ええ。でも、正子は衿子さんと園子さんとも仲良くしてね」

百夜もおずおずと頷いた。

「ありがとう」

断られることも想定していたので、正子はほっと胸を撫で下ろした。

「握手しようか？」

あぐりが右手をテーブルの真ん中に出した。

「うん」

百夜がその手の上に自分の右手を重ねた。

「よし」

正子もその上に自分の右手を載せると、

「あー、あー」

由紀夫もうらやましがって手を伸ばしてきたので、

「じゃあ、由紀夫に近づけてやろう」

みんなの手を載せたまま、あぐりがテーブルの中央から手をずらし、由紀夫の前に置いた。すると、由紀夫もみんなの手の上に自分の小さな手を重ねた。

「一生、仲良く暮らそうね」

正子が言ったとき、

「一生とは、言わないでおこうか」

百夜が少し軌道修正した。

「え？　どうして？」

あぐりが尋ねる。

「なんだか、『一生』って言葉を付けると、嘘っぽい科白に聞こえる」

百夜が首を傾けた。

「そうか、そうかも」

正子は頷いた。そうして、離婚のことを思った。この超高齢化社会では、結婚しても添い遂げるのが難しい。正子でなくても離婚をする人は多い。だが、「結婚は良いものだ」と正子は思っている。離婚は大変だったが、結婚して良かった。姉妹だって、別れはない方が良いに決まっている。でも、人生は長い。姉妹関係を解消せざるをえない日がいつかくるかもしれない。それでも、百夜とあぐりに、一瞬でも姉妹になれて良かった、と思ってもらいたい。それだけでいいかも、と考えた。

「じゃあ、まあ、できるだけ長く、姉妹として仲良くしていこう」

あぐりが宣言した。

「おう」

みんなで掛け声を出した。

「あー、面白い。せっかくだから、ワインを飲んじゃおうか？」

正子が提案すると、

「由紀夫くんがいるのに、いいの？」

百夜が心配する。

「一杯だけ。グラスワイン」

正子がメニューを手に取ると、

「いいねー、私は白」

あぐりが手を挙げ、

「私も白」

正子が言って、

「じゃあ、私も白ワインを頼もうかな。お願いします、グラスワインの白を三つで」

百夜が店員を呼び止めて注文した。

しばらくすると運ばれてきたので杯を合わせると、

「かんぱっ、かんぱっ」

由紀夫が喜んで、何度も乾杯をしようとする。乾杯のなんたるかはわかっていなくて、グラスを合わせる行為だということだけを覚え、水の入った自分のグラスをにこにこしながら他の人のグラスに当てる。

「ふふ、由紀夫くんの乾杯は終わらないね」

百夜は腹を抱えた。

「なんだか、由紀夫が末っ子みたいだな。あぐりって名前だし、女の子は私が最後だけれどね」

あぐりが、ふふっと笑った。

「え？　どういう意味？」

正子が尋ねると、

「なんかね、『あぐり』っていう名には、『すえ』さんだとか『とめ』さんだとかと同じように、『もうこれ以上いりません』っていう意味が込められているんだって。私も、大人になってから、漫画にそういう話が出てくるのを読んで知ったんだけれど。親が、最後にしたい女の子に付ける名前らしいよ。末の女の子にしたい、と。次は男の子が欲しい、と」

あぐりが答えた。

「えー、それって、失礼じゃないの？」

正子が驚いて眉を上げると、

「失礼だよ。女の子がいっぱいいたら困る、ってことだもんね」

百夜は頷いた。

「まあ、うちの親にそこまでの思いがあったかどうかは知らないけどな。普通に、可愛がって育てられたよ。お金かけてもらったし、愛情もたっぷりもらっているし。女の子より男の子が欲しかった、なんて科白、言われたことないよ」

あぐりはなんていうこともない顔でレタスをパリパリ食べ続けた。

「『なんで、あぐりっていう名前にしたの？』って、ご両親に由来を聞いてみたことある？」

正子が質問すると、

「聞いたことないし、これからも聞かないよ。どうでもいいじゃんか。たとえ、生まれたときに私が女の子で一瞬がっかりしたとしても、お父さんもお母さんも一年後くらいにはそんなこと微塵も思わなくなったはずだよ。私って可愛いしさあ、育てるのが嫌だな、なんて絶対に思われていない。喜んで育てた感じが、すごくするもん。今だって、金を稼いでないことぐらいでしょ、私のことで気にくわないのは。産んで良かった、育てて良かった、と絶対に思っているよ」

あぐりは堂々と言ってのけた。

「そ、そうか」

正子は、あぐりという名の一般的な意味を知った途端に勝手にあぐりの親を毒親だと捉えた自分が恥ずかしくなった。

「たとえ息子がいたって、楽になんてならないよ。男ならば安泰、という時代じゃないからな」

あぐりは続けた。

「うーん、まあ、そうかもね」

百夜は頷いた。

「あ、そしたら、百夜の名前は？　何か由来があるの？」

正子が百夜に水を向けると、

「平安時代にさ、深草少将が小野小町に求愛して、小野小町から『私のもとへ百夜通ったなら、あなたの意のままになろう』って言われたんだよ。それを真に受けた深草少将は毎晩のように小野小町のもとへ通うんだけれども、疲れ果てて雪の日に死ぬの。それが百夜通いのエピソード。小野小町は若いときは男を翻弄しまくって良かったけれど、よぼよぼになってからは金がなくなって、人生の終わりは悲しかったとされているんだよね。つまり、女に対する戒めのエピソードだよ、百夜通いは」

百夜は白ワインの水面を揺らしながら答えた。

「そうしたら、あまり良い名前じゃないと思っている？　私は意味を知らなくて、これまでずっと、『ロマンティックな雰囲気があって、素敵な名前だな』と感じながら呼んでいたけれど」

正子がワインで少し陶然としながら言うと、

「このエピソードを知った十代の頃から、『あまり良い名前じゃない』と名前を嫌ってきたんだけれど、さっきのあぐりの話を聞いて、親が名付けの瞬間に思っていたことなんて、名前というものにとって重要事項ではないかも、という気がしてきた。名前の意味を作るのは、結局のところは自分自身だよね。名前を呪いと捉えるのは、親を過信しているかも。自分の力をもっと信じた方がいいのかもなあ、って、あぐりを見ていたら思った。ありがとうね、あぐり」

百夜はあぐりの顔を見た。

「あー、うん、うん」

アルコール耐性があまりないあぐりは舐めるようにワイングラスに口を付けて、もう頬をほんのり赤く染めている。

「恋愛にうつつを抜かすのはばかだ、老いたら後悔する、ってそういう戒めを受けながら育ったのに大人になった自分がまさにそういう道を進んでいて恥ずかしい気持ちもあったけれど……。なんていうのかな、やっぱり、恋愛したこと、後悔したくない。私が、自分の人生を肯定してやる。おばあさんになったときに、『あー、やりまくっておいて良かった』って笑ってやる」

百夜は急にからりとした声で宣言した。

「ちょっと、ちょっと、百夜、酔っ払った？　由紀夫も聞いてんのにさあ」

あぐりが笑いながらたしなめた。

「いいんだよ、由紀夫だって、セックスのこと勉強した方がいいんだから。なんでも自然に話してよ。私も、やりまくっておいた方がいいと思っているよ、おばあさんになったら、濡れなくなって、あんまりできなくなるんでしょう？」

正子は百夜に同意した。

「二人とも、そういう考えなんだ？　私は身持ちが堅いんだよ。正直なことを言うと、やったことないんだ」

小さな声であぐりが言った。

「え？　セックスしたことないの？」

正子が尋ねると、

「うん。好きな人もできたことない」

アルコールのせいなのか話題のせいなのか、あぐりは真っ赤になった。

「そうか、恋愛のない人生も楽しいんだね。あぐりは生きるのが楽しそうだもの。あ、そう、そう。正子の名前の由来は？」

百夜はあぐりの告白に頷いてから、正子の顔を見た。

「そりゃあ、『正しい人間になるように』だよ」

正子は答えた。

「ふうん、そうか」

あぐりは頷いた。

「正しい人間ってなんなのか、私の場合、もう親は死んじゃっているから知りようがない。でも、確かに、親の意向に関係なく、自分で考えればいいよね。私も、由紀夫に対してそんな風に思うもの。由紀夫の名は、文豪の三島由紀夫（みしまゆきお）が由来なんだけれど、関係なく育ってもらって構わないもんなあ。私が考えた由来を振り切るくらいに自由に生きていって、由紀夫という名に新たな意味を作って欲しいよ」
正子はワインをゆっくりと喉に流した。

八　穴だらけのドア

契りの盃（さかずき）を交わしてから数日後、夜のスキンケアをしている百夜に、

「苗字を同じにしようか」

と正子はハンモックに座りながら、プロポーズのように低い声で言った。あぐりは夜勤のため、まだ帰ってきていない。由紀夫は畳スペースで眠っている。

「え？」

百夜はターバンで前髪を上げたつるりとしたおでこで振り返り、キョトンとした。

「え？　だって、この前、私たちは姉妹になる、って決めたじゃない？」

正子がぶらんぶらんとハンモックで揺れると、

「苗字を同じにするって、戸籍をいじるってこと？　そんなこと、できるの？」

百夜はパックを顔に貼りながら、肩をすくめた。

「とりあえず、名刺を刷っちゃうというのはどうかな？　戸籍なんて、みんな、気にして

いないでしょう？　結婚だって、届けを出していなくても、長く同棲して、周囲から夫婦扱いされていれば、婚姻関係があると裁判でも認められることが多いらしいしさ。だから、姉妹も勝手に苗字を同じにして名刺作ってさ、まず、周りの人から家族だって思ってもらったらどうかな、って」

正子は提案した。

「そう言うけれどさ、その内縁関係の場合だって、苗字は別々でしょ？」

百夜は首をかしげた。

「あ、そうか」

正子は照れて頭を掻いた。

「そもそも、『苗字を統一しないと家族っぽく思えない』という考え方は古くなってきているんじゃないかなあ？　家制度はすたれてきているし、苗字が別々の人でも『家族だな』って認識する人が今は増えているんじゃないかなあ」

百夜はパックを付けたまま、ラグの上にごろんと横になった。

「そう言われるとそうだね」

ハンモックから下りて、正子も百夜の隣に寝転がった。天井の窓に、いっぱいの星空が広がる。

「あのさあ、私、正子の考えがまだよく理解できていないみたい。質問をしてもいいかな？」

「うん」

「正子は、どうして姉妹になりたいと思ったの？」

百夜が正子の横顔をじっと見つめる。

「うーん、うーん」

星を見つめながら、正子は腕を組んで考え込んだ。

「姉妹って、別にいなくてもいいものじゃない？　私としては、正子には衿子さんとも園子さんとも仲良くし続けて欲しいんだけれど、もしも衿子さんと園子さんと疎遠になりたくなったとしても、新たに姉妹を作る必要はないよね？」

「うーん、まあねえ」

「笑えるから、面白いから、っていう、ノリだけの話じゃないんでしょ？」

百夜は質問を畳み掛ける。

「それは……」

正子は頭を抱えた。

「ごめん、しつこく聞いて」

百夜は謝って、天井に目を戻した。

「金だな」

　正子は簡潔に答えた。

「どういうこと？」

「えっと、……家族を作るときにお金の感覚は重要だ、と私は思っている。いや、独身のときは、お金が人を結びつけているなんて思わなかったから金銭感覚なんて気にしていなかったんだけれど、結婚したときや、離婚したときに、実感した」

「お金かあ。私は結婚したことがないから感じたことなかったなあ」

「親が子どものためにお金を使ったり、子どもが親のお金を受け取ったりすることは自然で、多くの人が違和感を持たない。だから、私も独身のときは金の遣り取りに鈍感だった。でも、結婚したあとの心の動揺には自分でも驚いた。夫から自分が金をもらったり、自分の金を夫にあげたりするじゃない？　それが、すんなりできないんだよね。専業主婦をやっていたときは肩身が狭くて夫と堂々と渡り合えなかったし、宝くじのお金で建てた家に夫を住まわせるときは恩を売っている感覚が正直あった。おそらく、茂の方も嫌な思いをしていたんじゃないかな。『他に好きな人ができた』っていうだけの話じゃなくて、『専業主婦をやらせてあげていたときはしおらしかったのに、宝くじ当てたあとから態度がでかくなった』とか、『正子の金で建てた家に住みたくない』とか、そういうのも絡(から)んで離婚する気持ちが高まったんじゃないかな、と今となっては思う」

「なるほど」

「そうして、私はお金の遣り取りに敏感になって、姉妹とのお金の遣り取りでも、『これでいいのかな？』って思うようになったんだよ。家賃とか、子守代とか、多過ぎないかな、少な過ぎないかな、恩を着せられているかな、恩を売っていると思われているかな、と。『もっと金が欲しい』なんて、お互いに思っていないのにさ。お姉さんも園子ちゃんも私も、みんな、決して欲深くないのに、お金の遣り取りをするときに緊張が走った」

正子は滔々と喋った。

「そういうものなんだ？」

「誰も悪くないんだけれど、そういう感じになっていたな、と前の姉妹の関係が思い出されるんだよ」

「ふうん、そうか」

頷きながら、百夜はぺりぺりとパックを剝がし始めた。

「でも、私は誰ともお金の遣り取りをしたくないわけじゃないんだ」

正子は続けた。

「うん、うん」

「私はさ、人に笑顔を振り撒いて社交をするのが苦手、……というか、やりたくないんだよね。それよりもさ、お笑い芸人さんが、後輩にごはんを奢って、『どんどん食べろ』っていうような……、金のない後輩が結婚するときに札束をバンと渡して『これで幸せになれよ』と言うような……、そういう社交がしたい」

「ほお？」

「女性の友だち同士で、そういうことをするのって、結構難しいように感じられる。だけど、姉妹だったら、ありじゃない？」

「え？『どんどん食べろ』とか、『これで幸せになれよ』とか？」

「そう、そう」

「ふうむ」

百夜は剝がしたパックをくしゃくしゃにして保湿液を絞り出し、ケチくさく手に塗っている。

「百夜とあぐりとなら、そういう関係が築けそうだなあって思った。百夜とあぐりと姉妹になりたい。お金の遣り取りをするときに、リラックスできるから」

正子は百夜を見つめた。茂と結婚して主婦になったとき、金をもらって生活することの罪悪感を覚えた。宝くじのお金で家を建てたとき、茂から苦々しく思われていたと今となってはわかる。衿子に子守を頼んだとき、金を渡さずにはいられなかった。園子から家賃に対する価値観や老後の備えに対する考えを伝えられたとき、プレッシャーを覚えた。これまでの正子は、家族と楽しく経済をまわすことができていなかった。でも、正子は変わり始めた。次の家族とは、経済を楽しみたい。百夜やあぐりは、人間的に衿子や園子よりも優れているわけではない。ただ、百夜と正子とあぐりの組み合わせの場合、金の遣り取りに緊張が走らない。それが、百夜とあぐりと姉妹になりたい大きな理由かもしれない。

「そうか。ちょっと、わかってきたかも」

百夜が頷いた。

「うん、聞いてくれてありがとう。さて、そろそろ畳スペースに戻って寝ようかな。由紀夫が気になるし」

正子は立ち上がって、螺旋階段に向かった。

「そうだね。そしたら私も、姉妹ってなんなのか、考えてみるね。おやすみ」

そう言いながら、百夜はゴミ箱にパックの残骸を捨てた。

「おやすみ。私も、苗字の統一ではない、もっと姉妹感が強くなる方法を考えてみるよ」

正子はひらひらと手を振って、螺旋階段を下りた。


特に良い方法など浮かばないまま一週間ほどが過ぎ、土曜日の朝、庭であぐりが洗濯物を干しているのを見かけた正子は掃き出し窓を開けて、

「ねえ」

と声をかけた。

「あ、お姉ちゃん、今日は夕方まで晴れているよねえ？」

Tシャツを物干し竿に通していたあぐりが正子の顔を見た。

「晴れたままじゃないかなあ」

正子は空を見上げた。秋の始まりだ。真っ青な空はとても高い。百夜はどこへ行くとも言わずに早い時間に家を出たが、今日のお出かけは気分が良いだろう。

「ちょっと、確認してみてくれない？」

あぐりが右手でスマートフォンをいじる仕草をしたので、

「うん、いいよ」

正子は窓を閉めてダイニングに戻り、棚の上に置いていた自分のスマートフォンを手にして天気予報のアプリを開いた。すると、

「あはは、あはは」

床で積み木遊びをしていた由紀夫が正子のところにやってきた。

「由紀夫、今日は良い天気だ。……あぐり、今日は、一日中、晴れマークだよ」

正子は由紀夫と手を繋いで再び掃き出し窓の側へ行き、あぐりに天気予報を伝えた。

「そうか、ありがとう」

あぐりはにっこりして、洗濯物を干し続ける。

「うふ」

由紀夫が窓に顔を押し付けて、嬉しそうに外を見ている。

「外に出たいんだね、靴を持ってきてあげる」

　正子は玄関から由紀夫のスニーカーと自分のサンダルを持ってきた。掃き出し窓を開けて由紀夫の足を小さなスニーカーに収め、自分もサンダルを履く。

「由紀夫、来たか」

　あぐりは洗濯バサミをかちかちやりながらニヤリと笑う。

「あはは、あはは」

　由紀夫はあぐりに突進して、洗濯バサミに手をのばす。あぐりが由紀夫の手に洗濯バサミを載せると、由紀夫はそれを握りしめて、嬉しそうに庭をぐるぐると歩き始めた。

「小さい庭だけれど、あって良かったなあ」

　正子は由紀夫を目で追いながらつぶやいた。空からの光が由紀夫を縁取り、幸福な子どもに見せる。

「そうだねえ。それに、掃き出し窓があると、ダイニングにいても外を大きく感じられて、気分が良いよね」

　靴下を干しながらあぐりが言う。

「そう、そう」

　正子は頷いた。

「どうかした？　何か悩みがある？」

何かを察したのか、あぐりが首を傾げた。

「あのさ、姉妹感が強くなる方法を考えているんだ。何か良いアイデアってある？」

正子は尋ねてみた。

「なんのこと？　もう姉妹になったじゃんか」

「そうなんだけれどさ、なんていうか、もっと社会的に」

「他の人たちからも姉妹だと思われたいっていうこと？」

あぐりは片眉を上げた。

「うん、結婚みたいに、周囲に認められて家族になりたい」

正子は深く頷く。

「だったら、仕事にしたらいいんじゃないの？　叶姉妹だって、阿佐ヶ谷姉妹だって、仕事上で姉妹を名乗っているから、社会的に姉妹として扱われているわけだし」

「確かに」

「私たちも、仕事上で姉妹を名乗ればいい」

「でも、私たちは職業が別々だから、名乗るって言ったって、名乗りようがない」

「だからさ、みんなでひとつの仕事をしたらいいじゃないか」

洗濯物を干す手を止めずに、あぐりは無表情で静かに言った。

「あ、由紀夫、待って、待って。……え？　ひとつの仕事？」

正子は隣の家との間にあるフェンスを登ろうとする由紀夫を止めながら、あぐりを振り返った。

「お姉ちゃんは、アクセサリーアーティストだけれど、今は会社勤めもしようと企んでいて、就職活動中なんでしょう？」

ジーンズをパンパンと叩いてのばしながらあぐりは喋り続ける。

「え？　ま、まあ、そう」

正子はギクリとした。

「でも、その活動はあまり上手くいっていない。というよりも、本当は、職探しに必死になってはいない」

「う、う……」

「察するに、会社員になろうと動いていたのは、衿子さんに認められたかったからなんじゃないの？」

あぐりは顎を上げた。

「お、おう」

正子は思わず頷いた。

「会社員になったら、衿子さんの前で堂々と振る舞えるようになるんじゃないか、と考えていたんでしょう。でも、本当は、『運で手に入れた金でも、自分の経済力なんだと胸を張りたい』と思っていたんじゃないの？」

あぐりは竿にジーンズをかける。

「うん」

正子は気圧（けお）されて頷く。

「一攫千金（いっかくせんきん）で何が悪い。宝くじで得た金だって、経済力だ。見た目が地味系でも、派手に生きられるぞ」

あぐりはジーンズをパンパン叩いた。

「本当にそうかはわからないけれど、そう言ってもらえて嬉しい」

正子は胸がスッとした。あぐりは正子を地味系と思いながらも、決して自分より劣った存在とは思っていないということがひしひしと伝わってくる。

「地味系の顔だって、美人系と仲良くなれるぞ」

「そう。姉妹になれるぞ」

「そうして、会社員じゃなくったって、社会人だぞ。アクセサリーアーティストでも、飲食店経営でも、安定していなくたって、立派な仕事だ」

「そう思いたいよ。自信を持ちたい」

「叶姉妹と阿佐ヶ谷姉妹が四姉妹になれる可能性だってあるんだ」

「うん」

「というわけで、喫茶店を開こうよ」

あぐりはイヒヒと笑った。

「えぇー」

由紀夫を抱っこしながら、正子は大声を出した。少しずつ高度を上げていく太陽からまっすぐな日差しが落ちてくる。由紀夫のつむじが白く光る。

「えぇー」

由紀夫が面白がって、正子の口調を真似る。

「あはは、『えぇー』だよね。喫茶店なんて、難しいよな。新しい店ができては消え、できては消えだもんな。経営は大変だよ」

あぐりは腰に手を当てて身を反らした。

「で、でも、喫茶店って、いいな。私、や、や、……やりたい、かも」

正子は自分の心臓の辺りに手を当てた。

「本当?」

あぐりは目を輝かせた。

「だって、土地も建物も、ここにある。場所代はかからない。一階を喫茶店に改装して、私たちは二、三階に住めばいい。由紀夫も大きくなってきたし、二階で寝起きしても大丈夫な気もする。まだ貯金が残っているから、私がオーナーになる」

「うん」

「場所代がかからないのは、とりあえず、かなりいいよ」

正子は両手を開いたり閉じたりしながら考えを進めた。

「この『屋根だけの家』って、外観も変わっていて喫茶店っぽいいし、もともと向いているんじゃないか？　壁がなくて、外に開かれた雰囲気があるのもいい。駅からは少し歩くけれど、川が近くて和める立地。自然の中の静かなカフェのニーズはある。たくさん稼ぎたいわけじゃないいんだから、ぼちぼちやればいいんだ」

あぐりが夢見る表情をする。

「それだけじゃない」

正子は由紀夫を目で追いかけながら言った。

「何？」

あぐりが正子の顔をじっと見る。

「私、実はね、飲み物を誰かに作ってあげるのが、とても好きなの」

正子は胸に手を当てた。

「ああ、確かに、お姉ちゃんって、いつも飲み物を誰かにあげているね」

「そうなの。だから、その仕事、やりたい」

「私は、サービス精神ってあんまりないけれど、工場でパン作りやっているから、裏方やるよ。パンを自分で焼きたいな、っていう夢もあるんだ」

「なるほどね。あぐりは、パンに関わる仕事がやりたかったんだ」

正子は合点がいった。

「えへへ、まあ、そうなんだ」

あぐりは肩をすくめた。

「サービス部門は、百夜が得意だよね。きっと、百夜はサーバーになるよ。勝手な想像だけれど」

正子は顎に手を当てて思案した。

「行けるんじゃない？」

ひとさし指を天に向けて、あぐりが頷く。

「行けるかも。でも、百夜はどう言うだろうか？」

少し冷静になって正子が首を傾げた。

「うーん、まあ、駄目元で聞いてみようよ」

あぐりは口角を上げ、シャツをパンパンと叩いてハンガーにかけた。

夜になると、百夜がシャインマスカットの房を抱えて帰宅した。ひとりでブドウ狩りをしてきたという。

「変わってんなあ」

あぐりはズケズケと言った。

「ブドウが食べたくなったから、思い立って行ってきた」

百夜はシャインマスカットをシンクで洗いながら答える。

「誘ってくれたら良かったのに」

ルイボスティーを飲みながら正子が言うと、

「ひとりで行きたかったんだもの」

百夜は薄く笑う。

「じゃあ、いいや」

正子も笑って済ませた。

「あのさ、断ってくれても構わないんだけれど、百夜を誘いたいことがあるんだ」

あぐりが切り出した。

「何に？」

百夜は由紀夫のために三粒ほどを包丁で細かく切ってくれている。

「『屋根だけの家』を喫茶店にして、三人で一緒に働かない？」

あぐりは続けた。

「なんだ、そりゃあ。すごいことを思いついたね。……良かったら、どうぞ」

百夜は目を見開きながら、水滴のついたシャインマスカットをガラスの器に盛ってダイニングテーブルに運んできた。

「いただきます」

黄緑色の宝石のような一粒が、あぐりの小さくて白いてのひらで輝く。

「これは、由紀夫くんの分。はい、どうぞ」

百夜は小皿に盛った細かいシャインマスカットを由紀夫に渡す。

「はい、どうぞ」

由紀夫は百夜を真似る。

「『ありがとう。いただきます、おいしいね』。私もいただこう、うん、甘い」

由紀夫に挨拶を教え、スプーンですくって食べるのを手伝いながら、正子もひと粒、口に放った。

「ひとりの休日も悪くないよ。今日は天気も良かったし、幸せだ」

百夜は頬杖をつく。

「で、どう？　考えられない感じ？」

あぐりがテーブルに身を乗り出す。

「踏み込んだ質問をするのは失礼かもしれないけれど、百夜は『鳳』でずっと働き続けることに決めているの？」

正子も切り込んだ。

「えーと、そうだなあ……。非正規雇用労働者だから、今の仕事は好きだけど補償はないし、今の会社に忠義立てをする必要はないかなとは思っているよ」

「そうか」

「収入は良くないし、福利厚生もないし、将来の不安はゼロではない。会社が私を必要としているとは思えない。とはいえ、こうして正子の世話にはなっちゃっているけれど細々とは生活できていて、仕事内容はつらくないし、社内の人間関係はまあまあ円滑だし、辞めたいとは考えていなかった。ただ、こないだ失恋をして、『自分の人生にはもう本当に結婚というものがないいんだなあ』と改めて感じて、そしたら、なんて言ったらいいのかな、『私の人生って、このまま、この路線で収束していくのかな、もう想像できちゃうな』って、つまらない気持ちになった。『なんでもいい、変わった一歩を踏み出したい。四十代なら、まだ若い』っていうのは思っていたんだよね」

頬杖をついたままで百夜がぼんやり答えた。ベトベトしたぶどうの果汁が手から頬に移っている。

「え？　え？　じゃあ、喫茶店って、まさに、『変わった一歩』じゃない？」

あぐりはにこにこしながら、さらに百夜に迫る。

「……えーと、あのさあ、あぐりは、喫茶店っていうより、パン屋をやりたいんじゃないの？」

百夜は薄眼であぐりを見た。

「なんでそう思ったの？」

目を丸くしてあぐりが言った。図星だったようだ。

「『あぐりは本気でパンが好きだな』と前々から私は踏んでいた」

百夜はテーブルの木目を指でなぞりながら言う。

「百夜、よくわかったね。私は気がつかなかった。あぐりの気持ちやあぐりの仕事を、あまり見ていなかった。私は冷たいのかな」

正子は二粒目のシャインマスカットを咀嚼しながら、百夜の顔をまじまじと見た。

「まあ、正子はちょっと冷たいところあるよね」

百夜は否定しなかった。

「わかる、でも嫌な冷たさじゃないしさ、そのままでいいんじゃね？」

ガハハとあぐりは笑ってテーブルを叩く。くるみの木なので頑丈だ。

「あ、そう？」

正子は憮然とした。

「冷たくなかったら、衿子さんや園子さんを追い出せないでしょ？」

あぐりはシャインマスカットを三粒一気に口に含んだ。

「ふう」

正子はため息をついた。追い出した、と改めて言われるとこたえた。

「でも、パンを焼く窯ってすごく高いから買うのが難しいし、場所も取るから、どうだろう？　ゆくゆくはやってみたいけれど、最初は飲み物だけでもいいかも。まずはお姉ちゃんの希望を叶えよう。出資者だから」

あぐりが正子の方を向いた。

「私は飲み物を誰かに作ってあげたいんだ。疲れている人や、これから頑張る人に、お茶やコーヒーやジュースを、『どうぞ』って、そっと渡したい。そういう行為で自分が社会参加できるなら、本当に幸せだ。それでさ、レジ横の棚に、私の作ったアクセサリーを並べておくの。ときどきお客様が手にとって、『可愛いですね』って、ふいに買ってくれるの。わあ、夢が広がるなあ」

正子は遠くを見てうっとりとした。

「それ、いいよ。アクセサリーを売っているカフェってよくあるし、すごくいいと思う。お姉ちゃんのアクセサリーって、椅子とかテーブルとかの形をしていて、インテリアにもよく馴染むし、置いておけば店内の雰囲気も良くなるはず」

あぐりがパチパチと拍手する。

「パチパチ」

由紀夫が真似して手を叩く。

「正子のアクセサリーの『身にまとう家具』というブランド名って、いわれはあるの？」

百夜が、正子の道具箱を指差しながら質問する。

「あるよ、ちょっと耳を澄ませて」

正子は空間をくるくると指差したあと、目を瞑った。

「この音楽？」

百夜も瞼を閉じた。

「これって、クラシックでしょ？　カフェとか雑貨屋とかでよく耳にする、背景みたいな音楽。夢中になれない曲っていうか、いわゆるＢＧＭだよね？」

あぐりは音楽の感想を言う。

「サティだよ。フランスの音楽家のエリック・サティ。私は大好きなんだ。サティは、『家具の音楽』を提唱していて、意識的に聞かれない音楽を目指したんだ。それが、素敵だなあ、って。私のアクセサリーも、環境音楽みたいな、壁紙みたいな、主張のないものにしたいと思ったの」

正子は、指先の果汁の感覚を楽しんだ。

「ああ、正子らしいね」

百夜が頷く。

「私のお気に入りのこのマグカップも、エリック・サティの描いたイラストが付いたものなんだ」

正子はルイボスティーの入っているマグカップをくるりと回転させて、サティのプリントを百夜とあぐりに見せた。

「サティは絵も描く人だったんだ?」

あぐりがプリントを指差した。

「こういういたずら描きみたいなのだけどね。サティは文章もいいんだよ。エッセイが面白いの。サティみたいにいろいろなことがしたい。アクセサリーを作ったり、飲み物を作ったり、誰かの背景を作るような仕事をしたいなあ」

正子はマグカップを撫でた。

「そういう仕事がしたいのはわかったけれど、こないだ話した『姉妹になりたい』っていう課題はどうなったの?」

百夜は、思い出したように質問した。

「だからさ、喫茶店を開いて、『姉妹で一緒に仕事をしています』って周囲に言ったら、社会的にも姉妹だと認められるんじゃないかなあ? 店名とか、名刺とか、いかにも姉妹って感じにしたら、周りから『姉妹だ』って見られるようになるでしょう?」

正子は説明した。

「なるほど、家族になるのにお金の繋がりが大事という話から、『経済活動を一緒にしよう』と正子は思いついたのね」

百夜は納得した表情を浮かべた。

「まあ、そんなところかな」

そういう思考の道のりはなかったが、正子は頷いた。

「でも、いいかもなあ。私、サーブするの好きだから。昔、イタリアンレストランでアルバイトしていたことがあって、楽しかったな。みんなに気遣いしたり、相手が何を求めているかを察したり、いい空間になるように掃除をしたり、そういうの、私はわりと得意なんだ。喫茶店のお仕事、私にも向いているかもしれない」

だんだんと百夜も乗り気になってくる。

「そうだよ。一階を店にして、しばらくうちらは上に住もう。ちょっと狭いかもしれないけれど、三階に私と百夜が寝て、二階にお姉ちゃんと由紀夫が寝るのはどう？」

あぐりが天井を指差す。

「二階が広いから、百夜かあぐりが、私と由紀夫と三人で寝てもいいかもしれない」

正子は指で天井を区切った。

「じゃあ、私が二階に寝よう。三階で百夜が寝たら？」

あぐりが百夜の顔を見る。

「そうねえ……。もちろん、私は三階でも大丈夫だよ」

百夜は頰を撫でながら思案する。

「もしも喫茶店が軌道に乗ったら、近くのマンションに住居を移してもいいかもしれない。この『屋根だけの家』は、螺旋階段とかハシゴとか段差とかが危ない造りで、このままでは老後に住めそうにない。年齢が上がったら、なんにせよ改築は必要だと思っていた。ここは完全に店にして、住むところを別にするというのも手かも」

正子はさらに先を想像してみた。

「友人同士で一室ずつ別々に借りて、同じマンションで老後を過ごす、っていうのは、まあ、よくある夢だよな」

あぐりも未来を見る顔をする。

「うん、うん。それぐらいの距離感で、何かあったら助け合える老後の関係は理想よね」

百夜も顔をほころばせる。

「ちょっと、トイレに行ってくるね」

あぐりがテーブルを離れた。

「まあ、とはいえ、喫茶店って水物だから、そんなに簡単にはうまくいかないだろうね。やる前から暗いことを言うのもなんだけれども、数年で終わるかもしれない」

盛り上げ過ぎるのもどうかと思い、ノリノリのあぐりがいなくなったあと、正子は百夜に言った。

「ただささ、数年で終わったお店のことを、『失敗した』って他人は見なすけれど、本人がどう捉えているかはわからないよね。『三年もやれて、嬉しかった』『一生に一度はお店というものをやってみたかったから、とても満足』『やりきった』って思っているかもしれないよ。数年で終わることが暗い話とは限らないかも」

百夜は頭の後ろで腕を組んだ。果汁が髪に付かないか、正子は気になった。

「うん、成功だけを求めて仕事をするわけじゃないものね。成功しなくたって幸せになれる可能性はあるよねえ」

「老後は老後で、なんとかなるわよ」

「まあ、先のことを考え出したら、きりがないからね」

正子が頷いたとき、ガチャガチャという、トイレの鍵を乱暴に扱う大きな音が響いた。

「あのう、ごめん、ちょっと来て」

トイレの中からあぐりが叫ぶ。

「どうしたの？」

正子は由紀夫を抱き上げてトイレに近づく。

「もしかして、ドアが開かない？」

百夜も立ち上がってトイレに寄り、ドアに手を当てて尋ねた。

「うん、鍵が壊れたのかもしれない」

あぐりが焦りを滲ませた声で言う。

「ああ、トイレの鍵の調子が良くないな、って私もこのところ思っていたんだった。うまく締まらないな、って。滑りが悪いっていうかね。歪んじゃったのかなあ」

正子はため息をついた。

「どうする？ 押しても引いても駄目？」

百夜がトイレのドアをトントンと叩きながら聞く。

「押しても引いても駄目だ」

あぐりがくぐもった声で答えた。

「鍵を壊そう。工具を持ってくる。百夜、ちょっと由紀夫を見ていてくれる？」

正子は由紀夫を百夜に託し、戸棚から道具箱を出してきた。箱の蓋を開け、どの工具を使えば良いのか考える。

鍵は横に引いて掛けるタイプのもので、内側に付いているから、ドアの外から鍵に触ることはできない。

「ドライバーでネジを外して鍵全体を取っちゃえばいいと思うんだけれど、こちらからはできない。あぐりが自分でやるしかない。でも、こちらからあぐりにドライバーを渡さないとあぐりにもできないよね？」

正子は頭を抱えた。

「そうだねえ、でも、ドアが閉まっているから、ドライバーは受け取れない」

禅問答のようにあぐりが答える。

「ドアを諦めるしかないいんじゃない？　ドアに穴を開けて、こちらからあぐりにドライバーを渡すしかないいんじゃないかな」

百夜は由紀夫を抱っこしながら、鍵の横辺りを指差した。

「よし、電鋸で穴を開けるから、あぐりはドアから離れてくれる？」

正子はひきだしから電鋸を出してきて、電源に繫ぎ、スイッチを入れた。ウィーンと動き出す。

「え？　電鋸？」

あぐりはビビったようだが、ドアから離れた気配があったので、鍵の付近に歯を当てた。ドアは面白いように切れる。

「あ、切れるなあ」

正子はごりごりとドアを削った。十センチ四方ほどの四角い穴が空いた。

「あはは、あはは」

由紀夫が笑い出す。

「うふふ」

由紀夫を抱き締めながら、百夜も笑った。

「トイレに穴を開けちゃったよ」

正子も噴き出した。電鋸の電源を落としたあと、その穴にドライバーを通し、あぐりに渡した。

「あ、ありがとう」

あぐりはドライバーを受け取り、鍵をドアに留めているネジを外していった。しばらくすると、コロンという音がした。鍵の本体が床に落ちたようだ。

「穴が空いたね」

百夜が由紀夫を抱っこした手で不器用に拍手した。

「ごめん、ドアを駄目にしちゃって」

あぐりがドアを開けて出てきて、頭を下げる。

「いや、いや、あぐりのせいじゃないから」

正子は顔の前で手を振った。

「自分が言い出しといてなんだけれど、他の方法があったんじゃないかという気もするなあ」

百夜が駄目になったドアをまじまじと見る。

「もういいじゃんか、トイレのドアに穴が空いているのも面白いし」

正子は笑い飛ばした。

「ますますプライバシーのない家になってきたな」

あぐりが屈んで、穴を覗いてトイレの中を見た。

「まあ、とりあえずは、紙か布で、穴を覆っておこう」

正子はカレンダーの猫のイラストの部分を四角くハサミで切り取って、それで穴を塞ぎ、マスキングテープで留めて応急処置をした。

「ドアって不思議なものよね。穴を開けたくなるときもあるんだから」

百夜は、塞がれた穴を触り、紙だけで区切られたトイレとリビングダイニングを感じた。

「そうだね、玄関のドアも穴だらけにしたいな」

あぐりがくるりと回って、玄関のドアを指差した。

「どうして？」

正子が尋ねると、

「だって、お店にするんなら、開けてもらいやすいドアにしたいじゃないか？　お客様に気軽に入ってきて欲しいでしょう？『開けても、こちらのプライバシーを侵害しないドアです』っていう雰囲気が欲しいよな」

あぐりが答える。

「ガラスのドアがいいんじゃない？　室内の雰囲気が外からわかるドアがいいよねえ？」

百夜は提案した。

「そうだね、でも、穴だらけのドアっていうのも、なんだかいいね」

正子は未来の『屋根だけの家』を想像した。

「穴だらけのドア、開けたくなるでしょう？」

あぐりがニヤニヤ笑った。

九　店に成長する家

その三日後、正子とあぐりは連れ立って駅前の印刷屋へ出かけた。昨年、正子は由紀夫の写真を使ってここで年賀状を作った。だから、少しだけ馴染みがある。

店内に入ると、メガネをかけた若い店員に、

「名刺を作ってください」

あぐりが開口一番に頼んだ。

「あ、はい、ありがとうございます。まずデザインですが……」

朴訥（ぼくとつ）とした店員は、パンフレットを取り出して説明を始める。

正子は以前に、「名刺を作ってしまえば、もう写真家になれる。正子ちゃんもアクセサリーを作る前に『アクセサリーアーティスト』って名刺に刷っちゃえばいいよ」と、写真家の友人からアドヴァイスを受けたことがあった。フリーランスは誰からも名刺が支給されないので自分で用意しなければならない。面倒だが、逆に考えれば勝手にどんなものでで

も用意できるということだ。まだなんの仕事もしていない状態でも、名刺に肩書きを刷ってしまえば、その職業の人になれる。先に名乗ってしまった方が気分が上がって、その職業への滑り出しが快調になるかもしれない。だが、正子には名刺交換をするシーンがほとんどないので、アクセサリーアーティストの名刺を作ることはしなかった。

けれども、喫茶店をやるとなったら、作ってみたくなった。「えーと、まずはテーマや内装を考えるべきだとは思うんだけれどもさ、先に名刺を作っちゃおうよ。なりきりたいでしょ？」と正子が提案すると、「えー」と百夜は顔をしかめたが、「おしゃれな名刺にしよう」とあぐりは乗り気になった。あぐりはちゃんとしたデザイナーに頼むことを想像したらしかったが、値段が高いに決まっていた。正子は自分が金を管理するつもりだ。「チープなものにしようね」と正子はなだめ、百夜の了承を得てから、あぐりと二人で印刷屋に来たのだ。

パンフレットをめくって、

「この、一番シンプルなデザインにします」

正子は即決した。

「うん、そうだな。ごちゃごちゃしているものより、シンプルなものの方が、おしゃれ感出るかも」

あぐりも頷いた。どうやら、おしゃれな名刺と言っても、そこまでハイセンスなものは求めていなかったらしい。

「このデザインですと、会社名、部署・役職名、お名前、そしてご住所と電話番号を入れられます。こちらが原稿になります。ご記入をお願いできますか?」

店員が型通りのマス目が付いた原稿用紙を渡してくる。

「はい」

正子とあぐりは顔を突き合わせて原稿書きに臨んだ。

まず、店名の「姉妹喫茶店」を大きく入れる。

役職と名前は「長女・百夜」「次女・正子」「三女・あぐり」というふざけたものにした。

そして『屋根だけの家』という建物名も添えて、住所と電話番号、それから、「姉妹でやっている喫茶店です。おいしい飲み物とすてきなパンを用意して、お待ちしております」というアピール文も添えた。

それぞれ百枚ずつ、計三百枚を注文した。


次に、ホームページ制作に取り組んだ。

こちらもWebデザイナーに発注すると結構な金がかかる。だが、あぐりが、「今の時代はネット戦略で勝負が決まるから、ホームページだけはケチケチしない方がいい。かっこいいページが作れたら、たぶん、元は取れる。頻繁に更新しよう。客商売なんだから、イメージは大事だ。友だち相手にやっている雰囲気じゃなくて、開かれている感じがするようにしないと。そうじゃなくたって、駅から少し離れた場所にある住宅で喫茶店をやるとなると、『趣味でやっている、ご近所さんとか仲間内だけでお茶を飲んでいる店でしょう？』となってしまう」と力説した。「まあ、そうだけれども。でも、それなりの会社に依頼したら、百万円くらいかかるよ」と正子が適当に言ってみると、「ひゃ、百万？」とあぐりは怯んだ。「あのさあ、私は事務だし、正子は営業をやっていただけだし、クリエイティブなことは一切してはいないんだけれど、私が今働いている、そして、正子が働いていた『鳳』は一応Ｗｅｂ制作会社で、私たちはホームページを作る過程を横から見てはいるから、私と正子で作れるかもよ」と百夜が何気なく言った。すると、「それだ。百夜とお姉ちゃんで、かっこいいホームページを作ってよ。お願いします」とあぐりが頭を下げた。そこで、百夜が中心となって自分たちでホームページ作りに挑んでみることになった。

二週間ほどで完成した。やはりシンプルを旨とした。トップページには『屋根だけの家』の外観写真を大きく載せ、ドアをクリックすることによって店の地図と説明文がポップアップする。説明文には、今のところは「『姉妹喫茶店』Ｃｏｍｉｎｇ ｓｏｏｎ！」とのみ記載してある。

とりあえずは、それだけなのだが、

「すごくかっこいいホームページになったね。内装の写真も載せたら、きっと、みんな訪れたくなるよ」

　でき上がったページを見て、正子は手を叩いた。正子も手伝いはしたが、デザインも作業も八割方を百夜がこなしたので、文句は言いづらい。しかし、

「でもさあ、そもそも、ドアを変えるって言ってなかった？　この『屋根だけの家』の外観写真、ドアがクローズアップされているけれども、喫茶店にするにあたって、建築家さんに頼んで、まずはドアを変えるんでしょう？」

　あぐりは平然とした顔をして、大きな声で指摘した。

「あ、そうだったね、ごめん」

　百夜は肩をすくめて謝った。

「写真を入れ替えるのなんて簡単なんだから、そんなの大した問題じゃないよ。ドアを変えたあとにまた外観を撮影して、入れ替えればいいだけじゃないの」

　正子はあぐりに言い返した。

「ともあれ、次は建築家さんに相談だね。ドアだけじゃなくてさ、店名の看板とか、メニューを書いた黒板とか、そういうのが写っていないと駄目だよ。どんなに素敵な建物だって、お客さんを待っている雰囲気が漂っていなければ、お客さんは訪ねてきてくれないんだ」

あぐりは、さらにずけずけ意見する。

「看板とか黒板とかは自分たちで用意しようよ。でも、ドアは建築家に頼もう。この『屋根だけの家』を作ったのは小田切さんっていう若手建築家なんだ。インターネットで検索して見つけたんだよ。個人事務所でやっているの。有名な人ではないんだけれどさ。その人に連絡してみるね。近くに住んでいるから」

正子はスマートフォンをいじって、小田切の建築事務所のサイトを二人に見せながら説明した。

「若手って、いくつぐらいの人なの？」

百夜がおっとりと尋ねた。

「まだ二十代じゃないかなあ？　アゴ髭のばして、変な丸メガネかけて、風格を出そうとしていたけれど、かなり若かったね、あれは」

正子は思い出しながら答えた。小田切は、イケメン好きの正子に引っかかる容姿ではなかったが、ベビーフェイスで可愛らしい感じの人だった。小太りのせいで肌がピンと張っていて、頬がつやつやだったという記憶がある。

早速メールで正子はアポイントを取った。三人共在宅している土曜日の午後に小田切が『屋根だけの家』へ打ち合わせにやってきた。

「ぎゃー」

由紀夫がギャン泣きしながら小田切を出迎えた。

「お久しぶりです。こちら、由紀夫です。息子なんです。人見知りをする時期みたいで、ごめんなさい」

正子は恐縮しながら由紀夫を抱き上げた。

「どうも、ご無沙汰しております。こんにちは、由紀夫くん。いやあ、僕は子どもから、なかなか好かれないんですよねえ。この髭が怖いのかなあ。……さて、この度は、なんと店舗への改装をご希望とのこと。私でよろしければ、お手伝いさせていただきます」

小田切は顎をさすりながらお辞儀した。一応スーツを着ているが、カジュアルな仕立てのもので、シャツはピンク色だ。ネクタイは締めていない。頬は正子の記憶のままで、つやつやだ。

「ええ、店をやりたい、なんて夢みたいなことを言い出したと聞こえるでしょうけれども。場所はあるし、三人いるし、チャレンジしてみよう、ってことになりまして。まずはドアだけでも変えたいと考えているんですが。……あ、コーヒーでいいですか？　こちらにおかけください」

正子はダイニングテーブルを指し示し、由紀夫をあぐりに預けて、ハンドドリップの準備を始めた。

「ありがとうございます。うーん、我ながら良い家だなあ。あの、吹き抜けや螺旋階段は、松波さんの『壁を取っ払いたい』というご提案から思いついたんですよ。僕はこの家を作るまで、『夫婦や、親子など、それぞれの関係性に合わせて、プライバシーを守らなければいけない』と思い込んでいたんです。たとえば、「夫婦の場合は、寝室は同じだけれど、トイレや風呂は別に入る」。「親子の場合、子どもが小さいうちはプライバシーはなしだけれど、大きくなったら個室が必要になる」。「姉妹なら着替えを見せ合っても平気だけれど、兄と妹なら見せ合ってはいけない」。そんなステレオタイプな家族観で、無駄なく部屋を仕切ろうとしていた。でも、これからの時代、家族の形は多様になっていきますよね。姉妹でも異性かもしれない。プライバシーをどう守るかというのは、住む人が自分で工夫してやっていくことなのかもしれない。建築家がいくら聞き取りをしても、住む人の細部の気持ちまでは理解できません。『ここに壁が必要だ』と建築家が安易に考えるのは、家族観の押し付けになってしまいます。それで、あえて吹き抜けや螺旋階段を提案してみたんです。壁をなくした分を他のもので遮（さえぎ）ることなく、プライバシーの守り方は個々人に委（ゆだ）ねるんだ、という方向を目指そうと。すると、変なところに柱が必要になって、収納が少ない、空間を活用できていない家になりました。でも、空間を無駄にして、さらに既存の考え方で守られたプライバシーをなくしていったら、松波さんが自分の力で新しい家族観を立ち上げていくんじゃないかと思ったんです」

小田切は家の中をぐるりと見渡して、満足気に頷いた。

「ふふ。吹き抜けと螺旋階段、前に一緒に住んでいた人たちには不評でしたが、百夜とあぐりには好評なんですよ」

正子はにっこりして頷いた。

「あの、私、百夜と言います。『屋根だけの家』を初めて訪問した日から、この家のファンです。今、私は二階で寝ているんです。布団の中で、吹き抜けから聞こえてくる由紀夫くんの声を聞いていると、『ああ、このくらいの関係がちょうどいいなあ』と思います。一階に降りるために螺旋階段でくるりと一周しなければならないのも、足音がカンカン響くから気を遣わないといけないのも、『面倒くさくていいなあ』と思っています」

おずおずと百夜が言った。

「百夜さん、ありがとうございます」

小田切は百夜の名前を復唱し、にっこりした。

「軍資金はそんなにないので、多くのことはお願いできないんですが、店舗への改装をよろしくお願いします」

正子はキッチンから、改めて頭を下げた。

「ご予算はいくらぐらいですか？」

小田切は真面目な顔つきになった。

「えーと、まだ何も計算していないんですけど……」

正子はお湯を沸かしながら思案した。

「改装費だけじゃなくて、他の費用もこれからですか？」

小田切はカバンからパンフレットらしきものや、書類、それからラップトップパソコンを取り出して、テーブルに並べ始めた。

「はい」

正子は頷く。

「考えていきましょう」

小田切はパソコンに何やら記入しながら話した。

「わかりました。私の方で、予算を立ててみます。ごめんなさい、曖昧な段階でご相談してしまって」

正子はしゅんしゅんと言い出したドリップケトルを取って、少しずつドリッパーに湯を垂らす。

「いえいえ、大丈夫です。飲食店の改装はよく担当しているので、なんでも相談してください。たとえば、保健所に連絡しないといけないのはご存知ですか？」

小田切は続ける。

「はあ」

正子は首を傾げた。

「飲食店にするのならば、保健所から許可が下りなければ開店できませんから、改装したら保健所に連絡してくださいね」

小田切が説明すると、

「わかりました」

百夜が自分のタブレットを開いて、メモを取り始めた。

「えっと、失礼ですが、百夜さんは正子さんのお姉さんですか？　そして、あちらの方は妹さん？」

小田切は百夜の顔、そのあとにあぐりの顔へ、視線を動かした。

「ふふ」

「あはは」

「フハハハハ。我が意を得たり」

三人は顔を見合わせて笑った。

「あのう、これ、名刺なんです」

正子は立ち上がって名刺入れを取り出し、出来立てホヤホヤの名刺を小田切に渡した。

「よろしくお願いします。長女の百夜です」

「三女のあぐりです」

百夜とあぐりも名刺を渡した。

「あ、やっぱり」

小田切が、うん、うん、と頷く。

「でも、ニセ姉妹なんですよ」

あぐりが由紀夫を抱っこしたまま言った。

「え？　なんですって？　ニセ？」

小田切が目を見開く。

「お店のコンセプトです。偽物(にせもの)の姉妹で、喫茶店を開くんです。血の繋がりも戸籍も気にしないで、姉妹として社会に関わっていこう、っていうインスタレーションなんですよ。お客さんも姉妹として迎え入れるんです。人間同士なら、みんな、姉妹になれるんですよ。そういう理念を持って活動しているんです」

百夜は急にペラペラと適当なことを喋り出した。

「はあ、誰でも？　姉妹とおっしゃいますが、では、私も？　男ですが」

小田切は自分の顔を指差した。

「うふふ、性別なんて気にする必要ないですよ。誰だって姉妹にはなれます」

百夜は頰を染めて照れながら、さらに適当なことを言った。

「あのう、こちらも失礼ですが、質問していいですか？　小田切さんって、おいくつですか？」

　あぐりが唐突に横から質問した。

「僕は、三十六歳です。童顔ですが、結構、いっています」

　小田切は頭を掻きながら答えた。

「そうなんですね。とってもお若く見えますね。どうぞ、コーヒーです」

　正子はでき上がったコーヒーを運ぶ。

「三十六歳は本当に若いですよ。私はこないだ四十三になったんです」

　百夜がほんのり赤い顔のまま、にっこりした。

「ありがとうございます、いただきます。そうですか、『四十代は楽しい』って、会社の先輩が言っていました。僕も楽しみにしています。どうですか？」

　コーヒーを受け取ったあと、小田切は穏やかに微笑みながら百夜を見つめて尋ねた。

「ええ、楽しいです。人生、まだこれからです」

　百夜は小田切を見つめ返す。

「僕も、楽しく年齢を上げていきたいです。頑張って大人の男を気取っているんですが、どうも僕は若く見られがちでして……。もう少し威厳が欲しいな、って思っているんですけれどね」

　小田切がつやつやの頰を押さえながら言うと、

「威厳なんていりませんよ」

百夜がきっぱりと首を振った。

「そうですか？」

小田切が首を傾げると、

「ええ、信用されればいいんです。威厳なんてなくても大丈夫ですよ」

百夜は繰り返した。

「そうか、威厳はなくても、信用はされないとな」

小田切は、あはは、と笑った。

「……あの、スケジュール管理や、業者さんとの遣り取りは、私が担当しますので、これからは私から小田切さんにご連絡させていただきますね」

百夜はまっすぐに小田切を見た。

「よろしくお願いします。これが僕の連絡先です。あぐりさんも、どうぞよろしく。携帯でも、メールでも、ご連絡いただいたらすぐにお返事しますから。建築のことだけじゃなく、開店準備の質問でも、僕にわかることならなんでもお答えしますよ。知り合いがいろいるので、わかることは結構ありますから」

小田切は自分の名刺を百夜とあぐりに渡した。

「ありがとうございます。……あ、本当にご近所さんだ」

あぐりが住所を見て言った。

「ははは、じゃあ、まずは、ドアの話をしますか？」

小田切はもう一度頭を掻いてから、パンフレットを広げた。

一時間ほど話して小田切が帰ったあと、

「ねえ、百夜、私は察した。あの人が気になるんでしょう？」

ソーダを吸っていたストローから口を離して、あぐりが笑った。

「よくわかったね。あぐりは『恋愛に興味ない』って言っていたのにさ」

紅茶のティーバッグを紅茶茶碗から引き上げて、百夜は頬杖をつく。

「百夜は、最初に家に来たときから、この建築を気に入っていたしね。だけれどさ、最初っから年齢を言うなんて、どうなの？　百夜は若く見えるし、恋愛の始まりの場面では、年の話題なんて出さない方がいいんじゃないの？」

正子は自分のコーヒーを淹れながら首をひねった。

「あけて、あけて」

由紀夫が熊の形のビスケットが入った小袋を持ってうろうろし始めた。

「そういうもん？」

あぐりは袋を開けてやりながら、床にあぐらをかく。

「そりゃあ、私自身は、実年齢を気にする必要はない、って思っているけどさ、世の中、年を気にする人は多いし、相手が気にする人である可能性は高いよ。見た目で好きになってもらっても、あとあと嫌な思いをするのはこっちだよ。年齢を隠しておいて、それなりにデートとかして過ごしたあとに、年を教えて引かれたら、その方がショックだよ。恋愛の先に結婚や育児があるっていう考えを持っている人だったら、若い相手を望んでいるだろうし、いくらきれいな相手だろうが、年上は対象外にするはずだよ。というか、三十六歳の男性って、そういう考えの人が大半だと思う。だから、最初に言っちゃおうと考えたの」

百夜は遠くを見る目で喋った。

「うん。年齢を言ったの、良かったと思うよ。だってさ、いい反応だったよな? あの人は、その『大半』に含まれない人なのかも。私、好感を持った」

あぐりはビスケットを由紀夫と分け合いながら百夜に賛同する。

「本当にそうだよ。『四十代の女はきれい』じゃなくて、『四十代は楽しい』っていう褒め方。完璧じゃないの。あの人は、いい」

百夜は深く頷く。

「いけるんじゃない？」

正子は前を指差した。

「うん、私も、好感触だと思った。でも、まあ、急がずに、ちょっとずつ仲良くなってみるわ。……ただ、心配しないで。まずは改装に関する遣り取りを、恋愛がどうのこうのにかかわらず、きっちりやるからね。そして、たとえ途中で振られても開店に支障が出るようなことにはしないから。そこは、年の功で、いろいろ経験があるから、対処できるのよ。よーし、本腰を入れるぞ。実は、もう派遣会社の登録を解除してもらって、『鳳』の部長にも挨拶を済ませたんだ。来月には退社する」

百夜はこんこんとテーブルを指で弾(はじ)いた。

「そっか。うん、頑張ろう」

正子は百夜を見つめて強く頷いた。

「でもさあ、せっかく『三人で住もう』ってことになったのに、結婚することになったらどうすんの？」

あぐりは百夜の顔を見上げて尋ねた。

「もう、あぐりは、先走り過ぎだって。まだ、『好きになったかも』っていう段階なのに、結婚のことなんて考えるもんじゃないよ」

正子がたしなめると、

「私はね、結婚はしない」

百夜はぶんぶんと首を振った。

「え？」

あぐりは目を丸くする。

「結婚しないで、恋愛するの。私はそういう人生にする。片思いでもいいんだ。おばあさんになるまで、恋愛するの」

百夜はギュッと拳を握りしめた。

「うーん。でも、今後は気持ちが変わるかもしれないじゃない？　相手が小田切さんじゃなくてもさ、これからの人生は長いし、いろいろなことが起こるだろうし。結婚したくなったら、したらいいよ。『姉妹になりたい』とは言ったけれども、百夜が別れたくなったら、いつでも別れてあげるからね。ちょっと寂しいけれどもさ」

正子はエリック・サティのイラストがプリントされたマグカップに口をつけた。

「そうか、やっぱり姉妹って結婚には負けるのか。ふう」

あぐりはため息をついた。

「いや、いや、たとえ結婚しても、別居婚っていう選択肢だってあるよ。あるいは姉妹を、『別居姉妹』にしたっていいんだし、結婚ぐらいで怯まず、姉妹関係を継続させてよ。……ねえ、ところで正子はコーヒーをハンドドリップで淹れることにしたの？」

百夜は紅茶茶碗の縁に唇を付けたあと、ふと思い出したらしく、飲まずに顔を上げて尋ねた。

「うん。うまくなりたいと思って、練習しているんだ。これから、いいコーヒーメーカーを手に入れたいと思っているんだけれど、ハンドドリップでもうまく淹れられるようになりたい。……それよりさ、パンのオーブン、借りられたらいいね」

　正子はあぐりの方を向いた。

「そう、そう。オーブン、借りたい。今は工場のライン作業でパンを作っているだけだけれど、実家に住んでいたときは小さいオーブンでひとりでよく焼いていたんだ」

　あぐりは頷いた。小田切の知り合いにオーブンのオーナーがいるそうで、「レンタルできないか、交渉できますよ」と言うので、頼んだのだ。パンを焼くためのオーブンは大型で高額なので、店が軌道に乗ったら購入を考えるとしても、まずはレンタルで始められたらありがたい。

「そういえば、私、あぐりの焼いたパンって食べたことないかも」

　百夜が瞬きした。

「パン、ない。パン、ない」

　最近、二語文を喋るようになった由紀夫も言った。

「私も食べたことないな、うちのオーブンレンジで焼けるパンを作ってもらうことってできない？」

　正子も同調した。

「できるよ。そしたら、明日、焼くね」

あぐりは簡単に了承した。


そうして翌日の朝、あぐりはミニクロワッサンを焼いた。

由紀夫は喜んで二つも食べた。正子もとてもおいしいと思った。

とはいえ、特別なパンではない。焼き立てゆえにおいしく感じられただけかもしれなかった。だが、そうだとしても、自家製のパンを喫茶店で出せば、喜んでくれる人がきっといる。あぐりだって、これからさらに研究して、もっとおいしく作れるようになるだろう。


秋の深まりの中、小田切によって『屋根だけの家』の改装は急ピッチで進められた。ドアは、緑色のフレームに大きなガラスがはめ込まれた、外からでも店内の雰囲気がわかるものに変えられた。床は、土足になっても掃除しやすいように、タイルに張り替えられた。ただ、畳スペースはそのままだ。お座敷風にしつらえて、ちゃぶ台とクッションを置き、子連れのお客さんなどがのんびり過ごせるように考えた。螺旋階段は空きスペースを封じ、二階の入り口にドアを付けて、一応、店とプライベートスペースを区切った。キッチンはほとんど元のままだが、ドイツ製のどっしりとした黒いオーブンが置かれ、それと観葉植物でフロアと仕切られた。

ホームページの写真は新しい外観のものと差し替えられた。

百夜は小田切との遣り取りをスマートにこなし、食品やおしぼりなどの仕入れ業者との連絡係も担った。あぐりは食品衛生責任者講習会に出かけて、資格を得た。

保健所のチェックも済み、開店までの段取りが整った。


営業は年明けからだ。

正子にはもう実家がないのでもちろんだが、百夜とあぐりも帰省せずに『屋根だけの家』で開店準備を行いながら年越しをした。

元旦に、手作りの看板を玄関の横に立てた。「あなたも姉妹に『姉妹喫茶店』」という文字を板に彫って黒いペンキで墨入れしたものだ。

「とりあえずの目標は、『三年間は続けること』にしよう。三年続けられたら、一応、成功と見られるっぽいからさ」

あぐりが片方の手を由紀夫と繫ぎ、もう片方の手は腰に当てて宣言した。

「成功と見られるって、誰から？」

正子は看板に手を当てたまま尋ねる。

「え？　それは、えーと、世間から……」

あぐりは言い淀んだ。

「まあ、そうね。成功と見られなくっても構わないかもねえ」

百夜は頬に手を当ててぼんやりと言った。

「えー、そうかなあ？」

あぐりは憮然とした。

「自分たちの楽しい思い出ができて、ついでにお客さんに喜んでもらえたら、十分な気がする。遣り繰りがうまくいかなくなって、すぐに閉店になっても、『残念だったね』って周りから言われるくらいは、別に気にならない」

百夜は続けた。

「何それ。思い出作り？　やるからには勝ちたいよ」

あぐりはギラギラと目を輝かせた。

「そうか。でも、私も、百夜の考えに賛成だな。お客さんが一時の幸せを感じてくれて、自分たちも楽しければ、周りの人から見下されても一向に構わないもの」

正子は「姉妹喫茶店」の文字を撫でた。

「私は、やっぱり、成功したい。物事にこんなに一所懸命になったのは初めてだし」

あぐりはしつこく言った。

「わかった、わかった。私だって、できるなら仕事として成立させたいよ。ただ、おばあさんになったときに、『昔、ちょっと喫茶店をやったことがあるのよねえ』って思い出せたら、それだけでも幸せかなあ、って、今、ふと思っただけ。うまく続けられるならそれに越したことないし、頑張りたいよ。あぐりが悲しむのは本意じゃないから、できるだけ長く店が続くように、尽力するよ」

百夜はあぐりの肩を抱いた。

一月十二日の朝、お揃いの緑色のエプロンを締めて、円陣を組んだ。

「姉妹仲良く」

「おー」

「おー」

あぐりは大声で、百夜と正子の合いの手は小声だったが、ともかくも気合を入れて、あぐりはキッチン、百夜と正子はフロアに陣取った。

当分の間、正子は由紀夫が一時保育に行っている間だけ店頭に立つ。四月からは保育園の二歳児クラスに入れそうなので、そのあとはもっと働くつもりだ。

緑色のエプロンは、『屋根だけの家』の屋根の色に合わせた。

エプロンの下は、無印良品の白シャツに、ユニクロの黒いチノパンだ。リーズナブルなものだが、新品だ。

わくわくしながら丸いお盆を抱え、じっとドアのガラス部分を見つめて待つ。

しかし、一時間経っても二時間経っても誰も来ない。所在なく、テーブルの脚を雑巾で拭いたり、床にモップをかけたりしたが、まだ来客がないのだから、店内はほとんど汚れていない。

「うーん、暇だねえ」

シンクを磨いていたあぐりがとうとうつぶやいた。

「ほんと。仕事をしていて『暇だ』と思うなんてねえ。『鳳』時代は、五分と暇な時間はなかったよ」

百夜も肩をぐるぐる回した。もう会社員時代を昔のことのように語る。

「夕方には、会社帰りの友人たちが来てくれると思うけれども。そもそも、まだ正月気分の抜けない時期に開店したのが無謀だったか」

正子は顎に手を当てた。

「まあ、もう開いちゃったんだから、これからのことを考えよう。日中に来てくれる主婦や主夫のお客さんを開拓しないとな」

あぐりは、クエン酸を布巾に付けて、掃除を続ける。

「サービスチケットを付けたチラシ、また駅前で配ってこようか?」

正子は眉根を寄せた。

「そうだね」

百夜はカトラリーを磨きながら頷く。

「よし、急いでコピーして、チラシ配りしてくる」

正子がチラシの原本をひきだしから取り出したところで、チリンチリン、とドアに結びつけて置いた鈴が鳴った。

三人でパッと顔を輝かせて、ドアの方を振り返ったら、なんと衿子と園子が立っていた。

「い、いら、いらっしゃい……ませ」

かなり驚き、そして強くビビりながらも、正子はなんとか挨拶した。

「ふふふ、来たよ。有休を使っちゃった」

衿子は余裕のある表情を浮かべて笑った。地味なモノトーンの格子柄のコートを羽織り、豊かな髪を肩に垂らしている。

「私も、病院のシフトを変えてもらった」

園子は顔をこわばらせながら、衿子の後ろから入って来た。スポーティなグレーのダウンジャケットを着て、大きな楕円形のピアスを耳から下げている。

「……どうやってこの店のこと知ったの？」

正子は尋ねた。

「あ、私から連絡したの。筋として、伝えた方が良いと思ったから。勝手にごめん。……衿子さん、園子さん、ご来店、お待ちしておりました。ありがとうございます」

百夜が衿子と園子に向かって深く頭を下げた。

「連絡をもらえて嬉しかったです。こちらは、べつに関わりを断ちたいとは思っていなかったからね。正子ちゃんと助け合うことをしなくなっても、ちょっとは気にしていたいから」

衿子も百夜に向かって丁寧にお辞儀をし、落ち着いた声で言った。

「私は、正直に言うと、頭にきた。喫茶店を開くなんて、『調子に乗っている』っていうか。経営って難しいから、どうせうまくいかないだろうし。今、貯金があるからって、調子に乗って無茶したら、老後に後悔するに決まっている」

頬を上気させて園子は言った。

「園子ちゃんったら」

衿子が園子のダウンジャケットの袖をそっとつかむ。

「ただ、どんな店なのかは見てやろうと思って。すぐに潰れるだろうから、開店する日に見ておかないともう見られなくなるだろう、と来てやった。これ、お祝いの花」

園子は後ろ手で隠していたらしい花束を前に回し、正子の手にぐいっと押し付けた。

「ありがとう」

正子は受け取った。黄色とオレンジ色のガーベラに数本のグリーンが添えてある小さな花束だ。

「お好きな席にお掛けください」

百夜がフロアに案内すると、

「そしたら、窓際にしようかな。今日は天気が良くて、明るいし」

衿子は掃き出し窓に一番近いテーブル席に着いた。

「『屋根だけの家』の雰囲気、変わったね」

園子は衿子の向かいの椅子に腰を下ろしながら、フロアを見渡す。

「改装費を抑えて、建物自体はそんなにいじっていないんだけどね」

正子は花をミルクピッチャーに活け、それを窓際に置きながら答えた。

「こちらがメニューになります」

百夜がメニュー表を衿子と園子の間に開くと、

「私はアップルタイザーを」

衿子が指差し、

「私は……、カフェインレスコーヒーをお願いします」

園子が注文した。

「あ、あと、パンもある。朝食セットっていう選択もあるのね。クロワッサンとスープとサラダか……、いいね。じゃあ、セットを二つ。園子も食べるでしょう？」

衿子は付け加えた。

「うん」

園子は小さく頷いた。

「かしこまりました。それでは、お飲み物はセットで、二百円引きになります」

正子は伝票にオーダーをメモして、キッチンへ向かった。

「ふふ。お姉ちゃん、良かったね」

キッチンの中で黙って遣り取りに耳を澄ませていたらしいあぐりが、ニヤリと笑った。

「朝食セットを二つお願いします」

正子はあぐりにオーダーを伝えた。

「はーい」

あぐりは返事をして、スープを温め始める。

正子は湯を沸かし、ハンドドリップでカフェインレスコーヒーを淹れた。

そのあと、アップルタイザーを冷蔵庫から出してグラスに注ぎ、コーヒーカップと一緒に丸いトレーに載せてテーブルへ運ぶ。

「お待たせいたしました」

正子は衿子の前にコースターを置いてその上にアップルタイザーのグラスと手前にストローを、園子の前にはソーサーに載ったコーヒーカップとミルクポットと砂糖壺を並べた。

「いただきます」

衿子は黒いストローをグラスに挿し、蝶々のように優雅にジュースを飲む。

「私も、いただきます」

園子も手を合わせ、コーヒーカップに口をつけた。

「おいしい」

衿子は微笑んだ。

「うん、おいしい」

園子も口の端を上げて頷いた。

正子は自分が穏やかな朝の光に包まれているのを感じた。

十　純粋な人間関係

真琴には、この町に引っ越してきた六年前から気になっている喫茶店があった。

看板には蔦が這い、石垣は苔むしている。曇ったドアの窓からミステリアスな雰囲気が漂う。

建物は、緑色の屋根が地面まで覆っている不思議な形をしていて、大きさは平均的な一軒家ぐらいだ。

「なんだか、これ、家っていうよりも、屋根って感じだな」

初めて店を見たとき、そうひとりごちた。

六年前の二十九歳のとき、真琴はマンションの購入を考えた。

節約が趣味の真琴には、まあまあの貯金があった。大学を出てからずっと勤めている会社は優良企業だったから、この先も自分の年収は同世代の平均を超えていけるのではないか、と楽観していた。

真琴は結婚をしておらず、恋人もいない。あまり未来を考えないたちで、良い人に出会えたら結婚したいという希望を持ちつつ、とはいえ結婚相手を見つけるためにガムシャラに努力する気はなくて、将来は何人で住むのかがはっきりと見えず、部屋を選ぶ基準をなかなか作れなかった。とりあえず、家族が増えた場合に備えて、３ＬＤＫ以上のところを探してみることにした。あるいは、将来の結婚相手は真琴が買った部屋に住むのを嫌がるかもしれないが、それならば他人に貸して家賃収入を得るか、いっそのこと売ってしまってもいい。そのとき金銭的にマイナスになるとしても、今の「おばあさんになってから、住む家がなくなったらどうしよう」という不安がなくなること、それ以上に、「自分ひとりで選んだ部屋を、自分ひとりで稼いだお金で得て、自分ひとりでしつらえてみたい。これまで、『誰からも関心を持たれない仕事をして、稼いだところで誰からも褒められない』とうじうじしていたけれど、他人からの賞賛や理解なんて一切いらないんだ、とはっきりさせたい。マンションを買って、他人に期待せず、自分の責任で好きなことをして、自由に生きて、でも社会人として経済活動に参加して、税金も払って、周りの人とお喋りして、街作りの一端をになって、素敵に老いていくんだ。わくわくしたい」という野望を叶えられることは、真琴にとって大きなプラスだ。

そうして、いろいろな街にある不動産屋を覗き、内見をし、ローンの組み方を考えた。

耐震性、部屋の広さ、値段……、気になることはたくさんあったが、環境だって重要な要素だ。最終的に選んだ、大野川沿いにある古いマンションの４ＬＤＫの部屋には、何よりも環境に魅せられた。

購入をだいたいのところまで決めて、きちんと契約するまでの一週間、真琴は会社に行く前や終業後に、当時住んでいたアパートから三十分かかるこの街にいちいち寄り、マンションの周りを歩いた。

日曜日は一日中歩き回った。天気が良く、空気がふわふわとしており、散歩日和だった。川の美しさに胸が高鳴った。春たけなわで、川に沿って並ぶ桜の木は満開だった。まるで夢のような光景で、

「私、この街で暮らそう。結婚しないで、ここで老いよう」

思わずつぶやいた。大学入学のために上京してから十年以上ひとり暮らしを続けている真琴は、ひとりごとが癖になっていた。

地面に落ちていた桜の花をそっと拾って手帳に挟み、明るい顔で前を見る。

川沿いの道の途中、左に入ったところに住宅街があった。ひときわ目立つ家が、緑色の屋根の喫茶店だ。「……屋根って感じだな」と言いながら近づいていくと、看板にある字は「あなたも姉妹に『姉妹喫茶店』」と読めた。

家族経営で営業している喫茶店かな、と思いながらさらに近寄って、ドアの窓をそっと

覗くと、おばあさん三人と常連客らしいおじいさんがお喋りしていて、少し離れたテーブルで三十代と思われる男性がコーヒー豆を皿の上にぱらぱらと出して何やら検分していた。おばあさんたちは揃いの緑色のエプロンを締めていたが、エプロンの下の服装はばらばらだ。

長女と思われる、一番年配のおばあさんは、白髪をシニヨンにまとめてうなじをきれいに出し、上品なワインレッドのベルベットワンピースに、バックシームのストッキング、スクエアトウのパンプスという格好だ。

次女と思われる、真ん中のおばあさんはかなりカジュアルで、シンプルな白シャツとチノパン、肩に黄色いカーディガンを羽織っている。耳にゴミ箱の形のピアスを揺らし、バスケットシューズを履いている。白髪染めをした薄茶色の髪が肩で揺れていた。

三女と思われる、一番年下のおばあさんは、ＰＭＷという最近の若いミュージシャンの名前が背中に大きくプリントされたオーバーサイズのトレーナーに、ボーイフレンドデニムを合わせ、蛍光ピンクのスニーカーで弾けている。白髪がぱらぱらと交じるベリーショートの髪は、小さな顔によく合っている。

三人共、テーブルを拭いたりグラスを磨いたりと、動き回りながら雑談しているので、顔立ちも後ろ姿も見えた。ファッションの好みは別々らしいが、顔立ちはとてもよく似ている。最近は〝血の繋がり〟にこだわらずに家族を築く人たちも増えているが、この人た

ちは生まれつきの姉妹に違いない、と真琴は予想した。腕の動かし方や、背中の曲げ方などにも相似点があって、

「性格や趣味はばらばらになっても、顔や癖は生まれながらのものから逃れられないんだなあ」

真琴はつぶやいた。真琴は両親と冷えた関係で、しかもひとりっ子なので、姉妹というものに憧れていた。

流行りの「ニセ姉妹」という関係性にも興味がある。まだ法律はきちんと整っていないが、気に入った相手と姉妹の契りを交わし、財産を共有したり、病気を患った相手を助けたりして、仲良く老いていく人たちが年々増えている。顔立ちや体型がまったく似ていなかったり、「人種」が違っていたり、年齢が大きく離れていたり、男女やそれ以外の性別の組み合わせだったり、従来の姉妹観に当てはまらないニセ姉妹がたくさんいる。

姉妹式をして、仕事の関係者や近所の人たちに、「これから、私たちは姉妹になります」と公の場で挨拶するニセ姉妹もいる。負担が不平等だったり、どちらかが甘えっぱなしだったりしても、「姉妹だから」と公言しておけば、周りから批判されないのが利点だ。友人関係だと、自立のプレッシャーがあったり、ギブアンドテイクが基本だったりするが、姉妹間だとそれがなくても世間的に許される。

自治体によっては条例を制定しており、姉妹証明書を発行している。証明書があれば、

病院の「家族のみが面会可」の場合に見舞うことができたり、電話などの契約時に家族割引を受けることができたりする。

真琴も、「自分と姉妹の約束を結んでくれる相手を見つけてみたいなあ」と夢見ていた。しかし、結婚相手を見つけたいと思いながらもなんの行動も取らないのと同じく、ニセ姉妹を作りたいと思っても「地の果てまで探し回って相手を見つけよう」なんてことはしないのが真琴だ。自然と出会えたらニセ姉妹になりたいが、出会えなかったらひとりっ子のままでいい。

この三人姉妹は恵まれている、と真琴は続けて考えた。探し回らなくても、たまたま生まれながらに良い姉妹を持っていたのだ。いかにも姉妹らしい見た目で、みんなリラックスしていて、ニセ姉妹特有の力みは感じられない。やっぱり、〝血の繋がり〟のある本当の姉妹は、わかる。努力によって家族を作ることができる時代が来ても、生まれつき家族に恵まれている人には敵わない。この店だって、もともとは一軒家っぽいし、おそらく親から相続したものだろう。

常連客らしいおじいさんは、大きなおでこがつるりと光っていて、僅かな髪をポニーテールにしている。全体的にぽっちゃりしていて、頰はピンと張っていて皺がなく、おじいさんではなくておじさんと呼んだ方が適切なようにも思える。オックスフォードシャツに茶色いツイードのジャケットを合わせている。カバンから図面のようなものを取り出し、姉妹に見せ始めた。

離れたところにいる男性は、おそらく三十代中頃で、働き盛りといった風格だ。中肉中背で短髪で、登山用と思われるズボンとカットソーを着ている。熱心に豆をいじっているので、コーヒーの販売業者だろうか？　この喫茶店のコーヒーの仕入れ先の人なのかもしれなかった。しかし、それならばもっと仕事らしい服装で店を訪れるべきだ。なぜ、こんなにリラックスした格好なのか？　顔立ちはかっこいい。全体的に彫りが深く、濃い眉毛が凜々しくて、大きな目は思慮深そうだ。頰に傷跡があるので、何かの事故に遭った人なのかもしれない。それはむしろ豊かな人生経験を物語っていると真琴には感じられ、かっこ良さにプラスされた。

しばらく外から店内を観察し、よし、ドアを開けて店に入ってみよう、と真琴は思った。しかし、真琴は「ひとりでどこにでも行ける」というタイプではない。新しい場所に行くと緊張が走り、ドアを開ける場面でいつも逡巡（しゅんじゅん）する。ここは喫茶店であることは間違いなさそうだが、本当によそ者が入っていい店なのだろうか？　五人の親密そうな雰囲気に気圧される。「商店街で働いている人同士で行き合う店」みたいな店かもしれない。客としては扱ってもらえても、居心地は悪いかもしれなかった。

うーん、と唸り、慎重な真琴は足を逆方向へ向けた。

「もしも、あのマンションの部屋を買って、本当に引っ越してきたら、勇気を出してこの

『姉妹喫茶店』に入ってみよう」
真琴はまたひとりごとを言って、散歩を続けた。

そうして、結局のところ、真琴はマンションの部屋を購入し、実際に引っ越してきたのだが、仕事が忙しく、日々があっという間に過ぎて、「姉妹喫茶店」に足を向けることなく六年を過ごしてしまった。

三十五歳になった真琴は、会社を辞めた。二十九歳のときには予想だにしていなかったことだった。

理由は、セクハラだ。しかし、自己都合退職をした。退職する前に、会社の総務部や公的な機関に相談はした。都の労働局雇用均等室にも行ったし、法テラスにも向かった。しかし、いろいろな人から話を聞いた結果、「会社にセクハラを認めさせるのはかなり大変そうだ」と感じ、「自分にはそんなバイタリティはない」と思い、諦めてしまった。裁判沙汰にすれば勝つ可能性もありそうだったが、大金を払って周囲の人たちに自分の受けたことを知られる可能性を増やすのは、真琴としてはプラスに捉えられなかった。

真琴の受けたセクハラは、三年前の異動で上司になった男性から「顔が良くないから、処女だろう」「仕事ができてもなあ、容姿が悪いからなあ」「そんな顔じゃ結婚できないだろうから、仕事に生涯を捧げたい気持ちもわかるけれど」といったことを、ほぼ毎日、執(しっ)

拗に言われることだった。ＬＧＦというインターネット上の雑談の際でも言われる。リモートワークのため、顔を合わせるのは稀なのだが、言葉は毎日目にするし、会う日には必ず何か言われる。忘年会や歓送迎会などに参加すれば、「このあと、ホテルに一緒に行ってやってもいいぞ。……嘘だよ、あはは。行くわけないだろ、手を握るのもつらいよー」などという冗談を一、二度は言われる。その上司は真琴のことを気に入って意地悪をしているわけではない。上司は、真琴を本当に嫌っている。誰も見ていないところで、書類を渡すときに手が触れそうになったらすごい勢いで引っ込めたり、真琴の飲んだあとのコーヒーカップを汚いものをつまむように持ち上げたりした。ただ、上司を批判するのは、なかなか難しかった。仕事の関わりが深いのでコミュニケーションが多くなってしまっているだけで、真琴を追い回しているわけではない。積極的に真琴に関わってきたり、わかりやすい暴言を言ったりするわけではないのだ。

同じ部の同僚たちは、スルーしていた。ときには、上司に同調して一緒に笑った。上司は決して悪人ではない。むしろ面倒見の良い優しい人なので、慕っている部下も多いのだ。真琴に対して、「顔が良くなくても、仕事ができたら十分ですよね」と言ってくれる同僚もいたが、上司に進言したり忠告したりしてくれる人はいなかった。真琴が上司との関係に悩んでいることを打ち明けると、「その場では適当に話を合わせて、あとはスルーしたらいいですよ」「そんな風に自分の顔を気にしないで、自分の仕事に集中した方がいいですよ」と、真琴の受け止め方が悪い、真琴がただ自分の顔にコンプレックスを持っていてひとりで勝手に悩んでいる、と捉える人が多かった。「いや、コンプレックスの問題ではないんです。私は顔にコンプレックスを持っていません。私は、自分の顔を気に入っていて、美人になりたいなんて微塵も思っていないんです。自分の顔が悪いのでつらいのではなく、上司からの嫌がらせがつらいんです。仕事をしても、仕事の評価ではなく、顔の話ばかりされて、すごく困っているんです」と一所懸命に説明しても、「たいした悪口じゃないですよ」「顔なんて仕事に関係ないですよ」「LGFを見なければいいですよ」というトンチンカンなアドヴァイスばかり返ってきた。

あるとき、真琴は勇気を出し、

「容姿の中傷を毎日されるのは困るんです」

と上司に言ってみた。すると、

「そんな暗くならないで、前向きに捉えてごらん。顔の悪さは、個性だ。顔の悪さを武器に、取引先とも会話をしてみろ。むしろ、売りにしてみるんだよ。発想の転換だ。雑談でも、顔でひと笑いを取ってから、商談に持ち込んでみろ。きっと、うまくいく」

上司は真琴にアドヴァイスしてきた。

「では、取引先でそういう努力をしてみてもいいですが、社内では言わないでもらってもいいですか？」

真琴が返答すると、

「いや、いや、こっちはね、かわいがってあげているんだよ。顔を笑いにできるように、教えてあげているんだよ。それとも何？　美人はずるいって思っているの？　美人と同じように扱われたい？　じゃあ、これは仕事の相談じゃないわけだね？　仕事の相談なら時間が割けるけれど、顔の相談っていうプライベートな話なら、オレにはわからないから、もういい？　仕事をしないとな」

と上司は話を打ち切った。

人事部にも相談したが、「上司との相性の悪さを人事部に相談する人は多い。でも、好き嫌いで異動を決めるのは難しい」というような答えだった。

今、「セクハラは犯罪だ」という概念は深く浸透していて、仕事相手や部下を「美人だ」「かっこいい」と評する人はまずいない。上の立場にある人が、下の立場にある人を、飲みの場に強く誘うこともほとんどない。四十年ぐらい前には、「仕事関係の相手に対し、『体に触る』『飲みの場で、美人をからかう』『断られたのに、しつこく〝つき合ってくれ〟と言う』『メールを何通も送って口説く』」といったことがよくあったらしいが、現代でそんなことをすれば、大きな会社ではすぐに告発されて左遷か解雇になるし、小さな会社でも公的な機関から調査が入り社会的につらい立場に追い込まれる。そういうリスクをみんな承知しているから、下心から行動に移す人は滅多にいない。

だが、相手の体に触らず、下心もない場合は、それをセクハラだと認識しない人がほとんどだ。「体に触りたくないと思っている相手に『体に触りたくない』と執拗に言う嫌がらせもセクハラに当てはまる」ということは、まだ浸透しておらず、社会に横行している。気に入っている人に対して何かをしたい、という欲求なら、自分で意識することが簡単で、「ブレーキを踏まなければ」という思考の流れになるが、触りたくない相手に対しては気持ちが向かっていないから、深く考えずに嫌がらせを行ってしまっていて、ブレーキの存在に気づけない。セクハラは悪人ではなく「いい人」が行うことが多い。発言者に悪意がないのだ。

「『ホテルへ行こう』と何度も言うのと同じように、『ホテルへ行きたくない』と何度も言うことだってセクハラなのだ」

と世界に向かって、真琴は叫びたかった。

とにかく、真琴は疲れ切り、「しばらく我慢すれば、上司か自分が異動になるかも」と考えたところで、「そこまで待てない」と感じるようになった。

それで、辞表を書いた。

退社する前には、同僚たちから、「セクハラで悩んでいるって言っていたけれど、自意識過剰だよな」「容姿が良くない人がセクハラを受けるわけがない」という陰口も言われた。

ぼろぼろの状態で机を片付け、会社をあとにした。

給料は良かったし、福利厚生がしっかりしていたし、優良企業だと思っていたが、こんな辞め方をすることになり、真琴としては、もう会社を良く思うことはできなかった。いや、この会社だけでなく、社会にある大小様々な会社というもののすべてが怖い組織に感じられるようになった。

マンションのローンが残っているので、再就職は必ずしなければならない。けれども、「二ヶ月ぐらいは思い切ってのんびりしてやる」と真琴は決めた。自己都合退職でも、三ヶ月の待機期間ののちには失業保険を受け取ることができる。その後の再就職がスムーズにいかなかった場合に受給するため、就職活動をしているフリはしなければならない。でも、できる限りのんびりしてやる。そうして、ゆっくりと本当の就職活動を始めて、できたら半年後ぐらいまでには、再就職をしよう。でも、とにかく、二ヶ月だけでも、何もしないでいてやる。

退社をした翌日、真琴は久しぶりに近所を散歩することにした。

この数年間、仕事ばかりに時間を使い、休みの日はぐったりと寝ているか、友人との約束で都心に出るかだった。

　マンションの購入を決めたときは、素敵な環境を一番の理由にしたというのに、近くをぶらぶら歩くことなんてほとんどしていない。

　マンションのエントランスを抜けたあとに深呼吸をして、

「あんな会社に忠誠を誓っていたばかばかしさよ」

　とつぶやいた。

　春の優しい日差しがふんわりと降ってくる。

　三十五歳になって、真琴はやはり結婚していない。

　元上司は「真琴の容姿が結婚できない理由を作っている」と言っていたが、真琴はそうは思わない。仕事のいそがしさを理由にして、新しい世界に出ることを怠けていた。決まった友人と会うのが精一杯で、趣味をひとつも作らなかったし、新しい仲間にも出会っていない。

　真琴にはこれまで、恋人と呼べる人が二人いたことがある。大学一年生から高校時代のクラスメイトと二年間つき合って、社会人二年目から学生時代の友人に紹介された人と三年間つき合った。そのあとにも性的な関係を持った人が三人いるが、恋人と呼べるほどの関係は育(はぐく)めなかった。

　だから、顔のせいではないと思う。結婚に至らなかったのは関係作りの問題だろう。

結婚していないからといって、結婚した人より不幸なわけではないし、自分の人生を決して後悔はしていない。だが、「できるなら結婚したいなあ」とは思っていたのにしなかったのは、関係を進めることに精を出さなかったからだ。でも、精を出さなかったことも、決して悪いことではない。努力しない自分も好きだ。

「マンションがあるし。ここでひとりで人生を紡ぐのも、きっと面白い。新しい会社は、つらくないところ、できるだけ楽しそうなところを探し出そう。そして、何かしらの趣味のサークルにも入って、休みの日も楽しむようにしてみよう」

と大野川沿いの道を腕を振って歩き出す。

引っ越してきたときと同じ、桜の季節だ。風が吹いて、桜吹雪が起きている。

道に小さな桜のひと房が落ちていたので、拾ってミニタオルに包む。

川面にはピンク色の絨毯(じゅうたん)がたゆたっていた。たくさんの花びらたちが、海を目指して櫂(かい)を漕(こ)いでいる。この先、海には行き着かずに、棒切れに堰(せ)き止められたり、岩の上に乗り上げたりして、茶色くしおれていく花びらがほとんどに違いない。それでも、何かを目指すように流れていくものは明るい。見ている者は清々(すがすが)しい気持ちになる。

「川は生きている」

真琴はつぶやいた。

それから、「川は生きている」ってなんだっけ？　と首を傾げた。どこかで聞いたことのあるフレーズだが……。

立ち止まり、腕組みしてしばらく考えてみても、思い出せない。仕方なく、デイパックに入れていたタブレットを取り出し、検索してみた。そして、わかった。小学生の頃に読んだ、青い鳥文庫の一冊のタイトルだ。良いフレーズだなあ、と真琴はしみじみした。久しぶりに読み返したいな、と考え、すぐに電子書籍で購入する。

「喫茶店にでも入って、早速、読もうかな」

と考える。

そうだ、あの「姉妹喫茶店」に、とうとう行ってみよう。

途中の道を折れ、住宅街に入り、緑色の屋根の家を目指す。看板に、「あなたも姉妹に『姉妹喫茶店』」とある。

ドアに近づくのは、六年ぶりだ。

これまでも、スーパーマーケットへの買い物の折などに、屋根を眺めることはあったが、近づくことはなかった。

「なんだか、これ、家っていうよりも、屋根って感じだな」

初めて店を見たときと同じく、そうひとりごちた。

表札をよく見ると、『屋根だけの家』と書いてある。建築としての、作品名だろうか。

ドアにはまっている窓から覗くと、六年前と同じように、三姉妹がいた。長女っぽい人は紫色のワンピース、次女っぽい人は白シャツに赤いカーディガンにジーンズ、三女っぽい人はヌードの女性の写真が大きくプリントされたパーカーにワークパンツという、前に見たのと同じようなファッションをしている。客がいないからだろう、椅子に座ってカトラリーを磨いたり、帳簿を付けたり、のんびりしている。

そして、六年前は三十代中頃だったが、今は四十歳前後に見える男性が、やはりコーヒー豆の袋を抱えて、カウンターの奥に積み上げる作業をしている。

おじいさんはいないが、六年前と同じような光景に、頭がくらくらした。まるで、時間が過ぎていないみたいだ。

前はここで踵(きびす)をかえしてしまったが、今日は勇気を出してドアを押してみる。

「いらっしゃいませ」

次女がにこにこしながらやってきた。

「ひとりです」

真琴が言うと、

「お好きな席にどうぞ」

と店内に案内してくれる。窓の近くの明るい席を選んでみた。くるみの木だろうか、どっしりとしたテーブルだ。

窓の外には、桜の花びらが舞い散っている。小さな庭には、古いブランコがあり、座板の上に数枚の薄ピンクの花びらが乗っている。

「こちらがメニューになります」

今度は長女がメニューと水の入ったグラスを持ってやってきた。

「ありがとうございます」

真琴は受け取り、メニューをめくる。

しばらくしてから顔を上げると、

「お決まりですか？」

また長女が近づいてきた。

「桜のシフォンケーキと、大野川ブレンドのセットをお願いします」

真琴がオーダーすると、

「かしこまりました。ハンドドリップなので淹れるのにちょっと時間かかりますが、よろしいですか？」

長女が言い、

「ええ」

真琴が頷くと、

「でもね、とってもおいしいんですよ。コーヒー・コーディネーターが淹れますからね。

毎日いるわけじゃないんですけど、今日はコーヒー・コーディネーターがいるから、うふふ、ラッキーですよ」

いたずらっぽく長女は片目を瞑った。

「ちょっと、百夜さん、やめてくださいよ」

コーヒーの袋を運んでいた男性が苦笑する。

「だって、最近の由紀夫くんは、ラジオだ、登山だ、って、あっちこっち飛び回っていて、うちにいることが少ないんだもの。今日はうちにいてくれて嬉しいから、自慢したくもなるのよ」

長女が男性の方を見てにっこりした。

「コーヒー・コーディネーター……」

真琴は復唱した。

「勝手に自分で言っているだけの職業なんです……。えっと、あの、これ名刺です。良かったら、もらってください。僕、この喫茶店で、このニセ姉妹三人に育てられたもんだから、すっかりコーヒー好きに育っちゃって、大学出たあと、こういう名刺を勝手に作って、活動を始めたんです。コーヒー・コーディネーターを名乗って、もう二十年になります。最初の頃は、会社員をしながら活動していたんですけど、ここ十年くらいはフリーで、パン屋やレストランのコーディネートをしたり、ラジオや雑誌に呼んでもらってフェアトレ

ードとかコーヒーを使った料理や飲み物開発についてみんなと一緒に考えたりしていま
す」

　コーヒー・コーディネーターは照れ笑いした。

「そうなんですね」

　真琴はもらった名刺をしげしげと眺めた。焦げ茶色の紙に、まるでコーヒーの染みのよ
うな文字で名前と職業とメールアドレスだけが印刷してあるシンプルな名刺だ。

「あ、じゃあ、私の名刺も」

　長女がエプロンのポケットから名刺を出した。

「ありがとうございます。……えっ、ふふふ」

　真琴は受けとり、長女の肩書きが「長女」となっているので、噴き出してしまった。

「ええ、私、長女なんです。この『姉妹喫茶店』は、今年、開店四十周年を迎えたんです
よ」

　長女は自分の鼻をひと差し指で押さえる。

「じゃあ、私のも、良かったら、どうぞ。次女の正子です」

　次女もエプロンのポケットから名刺を出してきた。おばあさんたちが次々と名刺を取り
出すので、真琴は可笑しくてならない。

　最近の喫茶店は、店員がロボットのところも多く、客の側も「機械的なサービスの方が

気楽でありがたい」という人が増えているから、こんな風にいきなり親しげに話しかけてくる店員なんて本当に珍しい。

「そしたら、私だって、渡したいよ。これ、もらってくれる？」

今度はキッチンの奥から片手にケーキサーバーを持ったままの三女が出てきた。左手だけでポケットを探り、名刺を渡してくる。

「ありがとうございます。あ、四十周年おめでとうございます。それで、あの、さっき、コーヒー・コーディネーターさんが、ニセ姉妹っておっしゃっていましたが……」

真琴は名刺をしげしげと見ながら尋ねた。

「うふふ、そうなんです。私たちは、〝血の繋がり〟のない、ニセ姉妹なんですよ。それで、長女、次女、三女、という役職で働いているんです。遊びみたいな役職ですけれどね」

長女が肩をすくめる。

「そうだったんですね。三人共、お顔立ちが似ていて、雰囲気にも共通点があるから、私はてっきり、生まれつきの姉妹だと思っていました。ニセ姉妹で、長女、次女、三女かあ。いいですねえ。私は、今、役職も名刺も、なーんにもないんです。昨日、退職したばっかりで、今日から休みを謳歌しているんです。すぐ近くに住んでいて、まずは散歩をしようと思ってぶらぶらしていたら、このお店があったんで、お邪魔しました」

いつもは初対面の人とすぐに打ち解けられない性格の真琴なのに、会社を辞めたせいでやけっぱちになっているのか、ペラペラと口が回った。この喫茶店の雰囲気がそうさせるのかもしれない。

「そうですか。お休みの初日にうちにいらしてくれて嬉しいわ」

長女はゆっくりと頷いた。

「じゃあ、僕はコーヒーを淹れますね」

コーヒー・コーディネーターはカウンターの中に入った。

長女と次女も真琴から離れ、椅子に座って静かにカトラリーを磨き始める。

真琴はミニタオルを開き、拾った桜のひと房を少し触ったあと、また畳んでテーブルに置いた。それから、電子書籍を読もうとタブレットを取り出してテーブルに置き、でも、すぐには開かずにしばらく窓の外の庭を眺めた。そして、「桜がきれいだからという理由でマンションの購入を決めたけれど、花を理由に住む場所を決める浅はかさについて、何かの小説の一節に書かれていたなあ」と思い出した。そうそう、『肉体の悪魔』だ。

タブレットを開き、『肉体の悪魔』を購入して、最後の方のページへ飛んだ。主人公の若い男の子は、戦時下で不倫の恋をしている。兵役についている夫を持つ恋人と毎日睦(むつ)み合い、いつの間にか夫なんて存在しないような気分になってきて、いつか一緒に住もう、と夢想する。

僕は、いつか二人で散歩に行ったことのある、あの、ばらが栽培されているマンドルの付近に住みたいものと思っていた。その後、マルトとパリで夕食を食べて、偶然終列車に乗ったとき、僕はこのばらの香を嗅いだことがあった。駅の構内で、人夫たちが芳香を発散する大きな箱を降ろしているところだった。僕は幼年時代に、子供たちの眠っている時刻にこの神秘的なばら列車が通るという話をひとがしているのを小耳にはさんだことがあった。

マルトは言った。「ばらって一季節だけのものよ。その季節がすぎると、マンドルを汚いとお思いにならないかしら？　マンドルほど美しくなくても、もっと一年中平均して魅力のある所を選ぶのが賢明じゃないかしら？」

そう聞いて僕には自分がはっきりわかった。二カ月間ばらを楽しみたいという欲求が、残りの十カ月を僕に忘れさせていたのだ。

ダイヤモンドみたいに硬質な文体に胸がときめく。これから暇になるのだから小説をもっと読もうかなあ、と真琴は頬杖をつく。

桜がきれいだと思って引っ越してきて、結局、お花見など一切せずに過ごしたことを思うと、まるで六年が夢のようだ。この喫茶店は六年前と変わらずに存在していて、時間というものが茫漠としたものに感じられる。

「お待たせいたしました」

次女がトレーを持って近づいてきた。

「わあ」

真琴は両手を合わせた。コーヒーの良い香りがした。

「桜のシフォンケーキと大野川ブレンドです」

次女はことりことりと皿とコーヒーカップをテーブルに置いた。

「ありがとうございます。……おいしいです」

真琴は軽く頭を下げて、コーヒーを口に運び、それからカウンターの方を向いて感想を伝えた。

コーヒー・コーディネーターはニヤリと笑った。

ケーキはふわふわで、桜の花の塩漬けが入っていてほんのりしょっぱい、春の味だった。

真琴はケーキとコーヒーを楽しみ、コーヒーをおかわりしてさらに読書に耽った。そうして、『川は生きている』を読了したあと、席を立ち、レジの前に向かった。

「ごちそうさまでした。……あ、これ、とてもかわいいですね。これもいただきたいです」

レジ横の棚に『身にまとう家具』というタイトルのアクセサリーシリーズが置いてあり、カーテンの形のピアスに真琴は惹きつけられた。小さなカーテンレールに小さな布がひらりと付いているデザインだ。

「ありがとうございます。嬉しいです。全部で、三千四百円になります」

次女が読み取り機を前に出し、

「ケーキも、おいしかったです」

真琴はスマートフォンをかざして支払いを済ませた。

「ありがとうございました」

キッチンの奥から、三女が大きな声を出した。

ピアスの入った袋を受け取り、真琴は緑色の縁のドアを押して外に出た。

また川沿いの散歩を続ける。

三分ほどして、

「お客さーん」

後ろから声が聞こえた。

振り返ると、コーヒー・コーディネーターが走って追いかけてきている。

「あ、そうか、ごめんなさい」

真琴はポケットを押さえて謝った。コーヒー・コーディネーターの片手には真琴のミニタオルが畳んだまま握られている。先ほど、店に忘れてきてしまったようだ。

「お忘れ物です」

年齢の割に俊足で、疲れてもいないようだ。真琴の手にミニタオルをそっと握らせる。

「ありがとうございます」

真琴はお辞儀した。

「いえ、良かった、追いついて。……近くに住んでいるって言っていたから、もしかしたら、またお店に来てくれるかなあ、そのときでもいいかなあ、とも思ったけれど」

コーヒー・コーディネーターは頭を掻いた。

「ええ、また来ます。いい店ですね。私、六年前にこの街に越してきて、ずっとこの『姉妹喫茶店』に入ってみたいと思っていたんですけれど、仕事がいそがしくって来そびれていて……。今日、やっと来られたんです。コーヒー、とてもおいしかったです。会社でいろいろあって、嫌な気持ちだったんですけれど、なんだか、ちょっとずつ浮上していけそうです」

真琴は正直な気持ちを伝えた。

「あの、余計なお世話ですけれど、長い休暇を、どう過ごされるんですか？」

「予定はまったくないんです。何か趣味を始めようかなあ、とも思っていますが……」

「そうですか。たとえば、山なんてどうですか？　僕は登山が趣味なんですよ」

コーヒー・コーディネーターは左目をきらきらさせた。どうやら、生まれつきの目ではないようだ。

「山、良いですね。登山がお好きなんですね。だから、そういう格好なんですね」

真琴はコーヒー・コーディネーターの蛍光グリーンのフリースと、登山用のズボンに視線をやった。

「僕、服に疎くって。動きやすい服ばっかりです。身なりに気を使えないんですよ。顔も適当で。この左眼、義眼なんですよ。頬にも、これ、結構大きい傷跡でしょう？　十五年ほど前に、登山中、不注意で滑落しまして。でも、木に引っかかって助かりまして。顔に枝が刺さってこうなったんです。『今は、整形の技術が進歩しているし、義眼だってリアルな素材のものもあるから、もっと手術したらいいのに』って人から言われるんですけれどね。僕としては、今の生活をする上はもう十分だから、これで良いかな、って」

コーヒー・コーディネーターは頬を押さえながら、傷の説明をした。よく見ると髪には寝癖がついていて、確かにファッションに興味がなさそうだ。

「そうなんですね。怖い思いをなさっても、登山は続けられているんですね」

真琴は尋ねた。

「もちろん、それ以来、細心の注意を払っていますよ。大怪我は、こりごりです。無茶はしません。低い山だけです。再来週も行くんです。うーん、こんなこと、急に誘うのもどうだろう。でも、どうですか、良かったら、ご一緒に」

コーヒー・コーディネーターは顔を赤らめた。

「え？」

「えーと、ははは、ナンパみたいになっちゃいました。散歩がてら金時山（きんときやま）っていう低い山に登ろうかな、って考えていたんですよ。そこは初心者向けだし……」

「登山は、ご家族とは行かれないんですか？」

真琴は質問してみた。

「僕の家族っていうのは……、あのニセ姉妹はいますけれど。僕は、ずっとひとり身でして、だから大体、ひとりで出かけています」

「そうでしたか。……あ、良かったら、行きたいです。あの、私、いただいたお名刺のメールアドレスに、メールをお送りしますね」

「良かった」

満足気にコーヒー・コーディネーターは頷いた。

「また、お店にもお邪魔します」

真琴はにっこりして、もう一度言った。

「ええ、待っています」

コーヒー・コーディネーターも笑顔になる。

「……あ、でも、あのお店には、あまりいらっしゃらないって」

真琴は、長女の言葉を思い出した。

「ここ数年、やっと仕事が入るようになりまして。四国のレストランとか、九州のパン屋さんとか、お客さんが増えて、移動が多くなったんです。地元のラジオ番組のレギュラーも持っているから、わりとバタバタしていて。だから、去年、一昨年は『姉妹喫茶店』にあまり行けなくて、ニセ姉妹たちがむくれたんです。でも、今年は四十周年で、何かイベントをやりたい、ってニセ姉妹たちが言っているから、手伝うためにもっと喫茶店に行こうと思っています。またお店を改装したいとも言っているし。長女の百夜さんの恋人……、昔の言葉だと事実婚の相手って言うのかな、その人が建築家でして、カウンターを改装してくれる予定なんですよ」

コーヒー・コーディネーターは説明した。

「そうなんですね、いいですね。もっと素敵なお店になっていくんですね」

真琴は頷いた。

「はい。えっと、じゃあ、また……」

コーヒー・コーディネーターは片手を上げて、走り去った。

「また」

真琴も片手を上げ、桜吹雪の中に消えるコーヒー・コーディネーターを見送った。

ミニタオルを広げると桜の花びらがひらりと飛んで、コーヒーの匂いが少しだけ漂った。

鼎談

阿佐ヶ谷姉妹と山﨑ナオコーラの「ニセ姉妹」話

時代を変えた〈姉妹ユニット〉

山崎　私ずっと阿佐ヶ谷姉妹さんのこと、すごいと思っていて。これまで女性の芸人さんの笑いに対して、小競り合いしたり、お互いにライバル視したりするイメージを持っていたのですが、阿佐ヶ谷姉妹さんはとても仲が良くて。『阿佐ヶ谷姉妹の　のほほんふたり暮らし』（幻冬舎文庫）というエッセイでもお互いのことを褒めて、良いところを書き合っている。それでいて笑える、って、本当にすごいです。

渡辺江里子（阿佐ヶ谷姉妹　姉担当。以下・江里子）　そういう風に読んで受け止めていただいていることはありがたいですね。

木村美穂（阿佐ヶ谷姉妹　妹担当。以下・美穂）　ありがとうございます。

山崎　女性同士でもこんなに仲良くなれるんだってことを見せてくれる。それは本当に素晴らしいと思います。

江里子　私たちの場合、お仕事としての姉妹ユニットだからかもしれません。それこそ「ニセ姉妹」ですから。本当の姉妹だったらこんなにぬるぬるとした感じでは続かないんじゃないかしら。

美穂　「ニセ姉妹」のような関係性って、いつから気になっていたんですか？

山崎　叶姉妹さんや阿佐ヶ谷姉妹さんがメディアに出ているのを見て、あ、時代が変わったんだなと思ったんです。

江里子　時代？

山崎　今はどんどん家族制度も変わっていって、〝血の繋がり〟がなくても親子になる人も増えてきているし、結婚のかたちも多様化してきたじゃないですか。法的に結婚する人もいれば、そうじゃない人もいるし、恋愛抜きの人もいる。いろんな結婚や家族のかたちがあるのに、きょうだいについてだけは生まれた時のままというイメージがあったんです。そこに、ビジネスとして姉妹をやる方が登場したので。生まれつき姉妹じゃなくても、姉妹として活動していいんだと社会に投げかけてくれた。こうやって社会を変えていくんだなあって思いました。とても先進的ですよね。

江里子　叶姉妹さんは世界観もできあがってらっしゃるし、それこそビジネスとしてライフスタイルが結びついているから先進的な感じがしますけど、私たちはなんというか、先進的というより流動的な感じでねえ。

山崎　阿佐ヶ谷姉妹をやるにあたって、なにかビジョンのようなものはありましたか？

美穂　「こうするんだ！」って考えて始めたわけじゃなかったのよね。

江里子　そうそう。「阿佐ヶ谷姉妹」というコンビ名も、阿佐ヶ谷の鰻屋さんのご主人が

「姉妹みたいにそっくりな二人」だからってつけてくださった名前でして。ご主人から「阿佐ヶ谷姉妹で何かやったら？」って言われたことが始まりなんです。それを私が「阿佐ヶ谷の姉妹にお仕事のお話があったら何でもどうぞ」ってブログに書いて、一番最初に来た話がお笑いライブでした。美穂さんに「一回だけ阿佐ヶ谷姉妹って名前でやってみない？」という話をしたら……。

美穂　一回だけなら良いわよ〜って。それで試しに出てみたんです。そしたら「テレビのオーディションに出てみませんか」という話が来て、受かったら半年後くらいにテレビに出られるかもしれないってことになり、半年ぐらいがんばってみるかと。それでずるずる流れ流れてこういう感じになったという。

山崎　私の小説の中では、友達同士が姉妹になるときに、「姉妹になって」と告白をするシーンがあるんですけど、そういう告白のような会話はありましたか？

江里子　「話があるんだ」みたいな感じですよね。それはなかったです。

美穂　でも、どこかでなんかお姉さんって思うようになったんですよね。

山崎　プライベートでもですか？

美穂　そうですね。コンビを組んだ時点では「渡辺さん」って呼んでいて、「お姉さん」とは呼んでいなかったと思うんです。

江里子　「江里子さん」って呼ばれてた時もあったわね。

美穂　あったあった。でも「江里子さん」も呼ばなくなって、今はプライベートでも「お姉さん」としか呼びません。だんだん名前が浸透しはじめたころに、「江里子さんって呼ぶんですか？」って聞かれたことがあったんです。その時に「お姉さん」と呼んだほうが関係性が分かりやすいのかなって思ったのかな。

江里子　私も元々は「木村さん」って呼んでいたんですけど、いつからか「美穂さん」になって。やっぱり外側から埋まっていったって感じ。

老後も、のほほんニセ姉妹暮らし

山﨑　最近の若い人って、20代前半でも老後のことを心配しますよね。お二人のように、家族でも結婚相手でもない人と一緒に住む老後を、理想として思い浮かべる人も多いんじゃないかと思うんです。お二人は老後のことって考えますか？

江里子　うん、もうね、なんていうか、すんごい目の前。

美穂　切実に目の前。

山﨑　老後も一緒に過ごしたいと思いますか？

江里子　過ごしたいというか、選択肢が一つだなっていう。

美穂　他にないからね。

江里子　結婚とか差し迫った求愛も、出会いすらないんですよ。子どももいないですしね。一番近くで、一番気楽に接することができる関係性があるということは、逆に言うと、ここを切られてしまうと本当にやばいということでもあるので。だからある程度、関係性を継続できるように、いろいろと譲歩したり我慢したり。相手との距離感に気をつけながら生活していこう、と思うことはあります。

美穂　各自の親を阿佐ヶ谷に呼び寄せて、独り身の友達も一緒に呼んで、みんなで阿佐ヶ谷ハイムをつくることが、老後の夢なんです。

山崎　そういうの、憧れる人すごい多いと思います。私もすごく憧れます。

江里子　『のほほんふたり暮らし』を書きはじめた時は、六畳一間に二人で住んでいたんです。でもさすがに手狭になって部屋を探していたら、隣の部屋が空きまして。二人暮らしから隣り部屋暮らしになったんです。6部屋あるアパートのうち2部屋は阿佐ヶ谷姉妹が陣取っているので、残り4部屋を潰していけば阿佐ヶ谷ハイムが完成するわけです。なのでちょっと次の方が出て行くのをね、狙っているっていう感じではあるんですけど。

山崎　実は今住んでいるところが定期借用の賃貸で、今年出なくてはいけなくて。どうしようって感じなんです……。

江里子　え……隣!!

山崎　どうしよう、どなたか出たら……。

江里子　今ね、私の真下の部屋の方が揉めてるんです、大家さんと。だから近々出ていくかも。

山崎　一階はお好きじゃないですか？

美穂　一階大丈夫です。

江里子　……予約？

山崎　予約にしておく？

江里子　はい（笑）。やっぱり老後が不安で、家どうしようとかすごく悩みます。

山崎　私たち最初は二間の部屋を探してたんですが、隣り部屋暮らしになってみたら、一人ひとりにお手洗いがあることにすごい満足感があったんです。いつか阿佐ヶ谷ハイムを作るとしたら、お手洗いはいっぱい作りたい。

江里子　確かに、老人になるとお手洗いに行く頻度もあがりますからね。『ニセ姉妹』は理想の家を構想して書き込んだんですけど、トイレについては気付かなかったです。実際に同居したらいろんな問題があると思うのですが、お二人が部屋を分けた理由って、距離感だけなんですよね？　プライバシーや家事やお金の問題は気になりませんでした？

山崎　まったく問題ないわけではないけれど、そこは我慢というか、妥協しているのかも。

江里子　リアル姉妹でもニセ姉妹でも、共同生活にはある程度ルールが必要だと思うんです。でも、ルールがガッチリし過ぎちゃうと、相手が決めたことを守らなかった時にストレスを感じそうだなあって。私たちもそういうことで揉めることもあります。

山崎　お風呂をどっちが先に入るかでケンカしたと書いてらっしゃいましたね。

江里子　そう、お風呂に全然入ってくれないとか、シチューをよそってくれないとかでストレスを感じる。そこを「そんなもんなんだ」って曖昧にしておくぐらいが、お互いに楽かなあって。私たちは二人ともなあなあなんです。

美穂　二人ともカチッとしていないから続くのかも。

山崎　私は、そこに姉妹って言葉が効くと思うんです。友達だと関係に対等さを求められる気がして。でも姉妹だって思ったら、一方が甘えてたり、それこそ布団の占める範囲が美穂さんの方が多くても、あ、いいんじゃないって。

江里子　そうね、一時は6畳のうち4畳分が美穂さんの寝床でしたからね。

山崎　男女の場合も結婚していないとギブアンドテイクしろ、対等な人間関係を築けと言われるのに、結婚してしまえば一方がある程度甘えていても世間的に許される。私自身、それまでお金はきっちり分けようとしていたのが、家族だからと思うことでストレスがなくなってきて。こういうところに家族が効くんだなって思いました。逆にたとえ家族であっても、うまくいかないなら距離をとったり、離れることがあってもいいと思うんです。だから、生まれつきの姉妹が美しく距離を取って別の人と姉妹関係を結ぶ、そんなハッピーエンドを書いてみたかった。

江里子　ある意味潔いですよね。「美しい」って言葉に、なるほどって思いました。血縁関係じゃなくても、一度結びついた関係を変えて距離を置いたり、解消したりするのってドロドロしそうなのに、話し合ってお互いに一つの区切りをつけるのは美しいなあって思いました。実際に私たちにそれができるかしら。なかなかできないかもしれないけど、こういう解決の仕方で、関係性を変えていくことができたらいいですよね。

〈平均＋3点〉が継続のコツ

山崎　ただやっぱり言葉には暴力という側面があって、小説やエッセイを書くときに、一番最初にあるのはもやもやしたものじゃないですか。世界はもやもやしているのに、そこに言葉をぽんと与えるということは、そこに暴力的に嵌めちゃうってことなんですよね。だから小説を書くというのはすごい怖い行為。もしかしたら誰かが傷つくかもしれないんです。私はそこが面白いとおもってやってきたわけなんですけど、お二人の話を聞いていると、江里子さんと美穂さんはほんわかした世界に生きていらして、言葉でキチッと整理しないいんだなあと。それもまた新鮮です。

美穂　私たちの場合、お互いに「だな〜」ってなっちゃうから。

江里子　「だな〜」「よね〜」で終わっちゃう。

山崎　言葉にしない方がいいことって世の中にたくさんあると思います。

江里子　『ニセ姉妹』の登場人物は、相手の気持ちを加味した上での話し合いや会話をするところが、繊細というか、一方的じゃないなあって思います。言葉にすることで相手のことを傷つけてしまったり。リアル姉妹の関係性もそうですし、逆に家族という関係の面倒くささが伝わってきて。ニセ姉妹になると相手を思いやらないわけじゃないですけど、その点楽だなあって感じがあります。なんでしょうね、その感じって。

美穂　血縁関係は重たくなっちゃうのかしら？

江里子　相手を思いやる感じが、家族や兄弟姉妹とも違うし、友達とも違うんです。このご本は、それがなんかドロドロしなくって、良い気持ちで読み終えられる。こうなって良かったなあって思う結末を迎えられました。この先も続いていくんだろうなってエンディングがまた、私たちにとっても、ほんとうにいいお話ねえって思えるのよね。

美穂　最後は私たちにとっての理想郷みたい。ああなったらすごく楽しくていいですよね。

江里子　阿佐ヶ谷ハイムの中に喫茶店をつくろうかって、計画が生まれたんですよ。

山崎　ああ、いいですね！

江里子　ほかの人からみたら気持ち悪いかもしれないんですけど、私たちお互いに点数をつけあう習慣があって。『のほほんふたり暮らし』もお互いに点数をつけてみたんです。

私は美穂さんに97点つけたんですよ。申し訳ないけど3点引きましたって言って。で、美穂さんは私に何点つけるのか、そのときには言われなかったんですけど。

山崎　本に書いてありましたね。

江里子　53点って書いてありまして。53点か！　って思って。確かに前から「嫌いじゃないです。嫌いじゃないですけどもね、好きでもないです」って時々言われてたんです。

山崎　そんなこと言われるんですか？

江里子　時々ですけど。

美穂　普通ですって言ってたんです。

江里子　「どういうこと？」って聞くと、「普通です」って。私はちょっと好きくらいの気持ちでいてもらいたいなって思ってたんですが、53点って聞いて、本当に普通なんだなって。私は美穂さんという共同生活者、ニセ姉妹の一人をわりと好きってスタンスでいることが継続のコツかなって思っていたんですが、美穂さんにとっては普通ってことが継続のコツだったんだなあと。そのあたりも美穂さんって不思議だけど、そういうギャップというか、考え方の違いがあるんですね。まあそれでやっていけるんだったら、それでいいと思ってます。

美穂　あ、でもいま分かったんですけど、友達でいたときの方が点数高かったですよね。ニセ姉妹を始めて、だんだん下がっていったというか。

江里子　それは、なんで？
美穂　それはなんか、生活ぶりとかじゃないでしょうか。輪ゴムをすぐ落とすとか、そういうことで1点ずつ下がっていって53点。もうこれ以上は下がらない。
江里子　ああ、それは良かったです。それはありがたいね。
山崎　50点＋3点ということは平均よりは上ですよね。
江里子　ああそうね、ありがたいわね。53点はありがたいわね。
美穂　ええそうそう。だから、そんな悪い点数じゃない。
江里子　そう悪い点数じゃないのよね。そうね、＋3点だものね……。

夢は90歳で再ブレイク！

江里子　ナオコーラさんはやっぱり、小説を書くことはお好きなんですか？
山崎　急に根源的な質問に（笑）。やっぱり好きですよ。
江里子　好きっていうのはどういう所から出てくる好きなんでしょうか？
山崎　私にはこれしかできないと言いますか。そうですね、ほかに出来ることがないので、これで社会に関わりたいなと思っています。小さい頃から友達が少なかったので、本ばっかり読んでいて、本を作るひとになりたいと思って、それで大人になって本を作りました。

美穂　すごい、有言実行！

江里子　小学校の卒業文集に将来の夢を書きました？

山崎　書きましたよ。小説家になるって。

江里子　うわ〜〜〜！　本田と一緒じゃない！

山崎　本田（笑）。

江里子　本田、あ、呼び捨てにしちゃった。本田圭佑さんも、ぼくは世界で活躍するプロサッカー選手になるって書いて、有言実行。

山崎　私は歌ったり、舞台に立ったりできないので、阿佐ヶ谷姉妹さんすごいと思います。

江里子　私たちもこれしかないものねえ。美穂さんが派遣社員だったときも、ほら冷凍食品の……。

山崎　なにかあったんですか？

美穂　冷凍食品会社の発注を受ける仕事だったんですが、ニンジン10箱のところを100箱にしちゃって。

江里子　私がコールセンターで働いていたときも、会社の共有フォルダにものすごい重いファイルを保存してしまい。誰がこんなに容量使ってるんだって大騒ぎになって、調べたら阿佐ヶ谷姉妹のネタ帳が出てきちゃった。今みたいな情報化社会だったらきっと速攻クビでしたよね。だからこれしかないっていうよりは、これでやらせてもらっているのだから、これでクビになるまでやろうって感じです。

山崎　これからの目標とかあるんですか？

美穂　これがまたね、ぼんやりとした感じで生きてきちゃって。どうですか？

江里子　よく「阿佐ヶ谷姉妹としての今後の目標は？」って聞かれることがあるんです。おそらく芸人としての目標ってことだと思いますけど、私たち二人とも「阿佐ヶ谷ハイムを作ること」とかって答えてしまって。

美穂　老後の自分たちの展望をただただ書くという。

江里子　だから逆に、阿佐ヶ谷ハイムを実現するためにお仕事があればなんでもやりましょうっていう、そんな感じなのかしら。

美穂　仕事を思い出と捉えて、いろいろ思い出を増やしていく。それで老後に「ああいう番組に出れてよかった」とか語り合えたらいいですね。

江里子　ナオコーラさんは今後の目標、ありますか？

山崎　私は老人エッセイを書きたいという夢があって。90歳まで生きて佐藤愛子さんみたいにエッセイを書いてブレイクするという。

江里子　ブレイク！　またブレイクしちゃう！

山崎　ブレイクしたい。

美穂　はー！　90歳でまたブレイクってすごい。

山崎　はい。もし阿佐ヶ谷ハイムをつくられたら、取材に伺わせてください！

（２０１８年7月　本屋B&Bにて／構成・竹花帯子）

阿佐ヶ谷姉妹／渡辺江里子（１９７２年生まれ・栃木県出身）と木村美穂（１９７３年生まれ・神奈川県出身）の姉妹ユニット。劇団東京乾電池研究所にて知り合い、以降親交を深める。２００７年10月、お笑いライブ出演をきっかけに正式にコンビ結成。２０１６年フジテレビ「とんねるずのみなさんのおかげでした『第22回細かすぎて伝わらないモノマネ選手権』」優勝。２０１８年「女芸人No.1決定戦ＴＨＥ Ｗ」優勝。著書に『阿佐ヶ谷姉妹の のほほんふたり暮らし』（幻冬舎文庫）がある。

文庫版のためのあとがき

小説を読み終わったあとに、作者がぐだぐだ言ってきたら、うざいだろう。そういうわけで、あとがき執筆に際し、余計なことを書かないように、とはいえ無意味な文章ではなくお土産を渡せるように、素敵な文章のオマケを添えられるように、……と考えていたら緊張のため手が震えてきて、どうも何も書けそうにない。

まあ、白紙をオマケと捉える人は少数派だろうし、白紙よりはマシという程度のものでいいとハードルを下げ、執筆を始める。

まずは、中公文庫に入れてもらえた喜びを。いや、中公文庫のまわし者ではないのだが、私の最愛の小説家、谷崎潤一郎の『細雪』『潤一郎訳 源氏物語』や、最愛の詩人、金子光晴の『どくろ杯』『マレー蘭印紀行』など、私が何度も読み返した作品が中公文庫にはたくさん収められている。それから、暗記するほど読んだ、吉本ばななさんの『TUGUMI（つぐみ）』『ハチ公の最後の恋人』もある。私は、お金のない十代の読書において文庫を書いまくり、買ったら元を取るために複数回読み返した。その馴染み深いレーベルに自分の書いたものが収録されるなんて僥倖だ。

　私は『ニセ姉妹』執筆開始時から、それを意識していた。谷崎潤一郎の作品に並ぶものを書こう。中でも私が一番に愛している作品は『細雪』だ。英訳タイトルが「The Makioka Sisters」というところからもわかるように、「姉妹もの」の大傑作。実際には四人姉妹なのだが、物語は三人姉妹を中心に展開する。顔立ちが似ている魅力的な姉妹で、少しずつ個性もあり、三者三様の美しさがある。性格は様々だが、上流階級に生きる者たちが持つ差別感覚はみんな持ち合わせている。

　私は二年に一度は読み返してきた。文章が流麗で、まるで音楽のようで、先の展開が完全にわかっているのに、何度読んでも飽きない。ただ、現代においては、「うーん、ちょっとつらいぞ」と唸りたくなる設定ではある。美人姉妹、というところにまず引っかかる。美人ってなんだよ……。そして、似ているところに魅力がある感じ……。美人同士じゃなくても、似ていなくても、姉妹は仲良くやっていけるぞ。なんというか、女性に対する幻想満載だよな。そしてこの上流階級の雰囲気……、一億総下流とも言えそうな状況にある現代日本で読むと違和感が湧きまくりだ。

　谷崎は大好きだし、もちろん、『細雪』はこれでいい。だけれども、私が「姉妹もの」を書くのだったら、新しい姉妹を書きたいな。私の書きたい姉妹は別のところにいる、というのはずっと思っていた。現代の姉妹、未来の姉妹って、どんなだろう……。

大昔、人間は定められた人間関係の中で生きていた。自分で家族を選ぶことはできなかった。親を受け入れ、結婚相手を決められ、自分の意思では離婚できず、子どもを受け入れ、生きていた。

けれども、人間は少しずつ自由を獲得してきた。現代では、結婚をするかしないか、するとしたら結婚相手を誰にするか、子どもを産むか産まないか、未だ差別はあるけれど、昔よりずっと選択肢が増えた。「毒親」と縁を切ることや、モラハラやDVから逃げること、経済力を備えて離婚することなど、家族と別れる選択を前向きに捉えたり、その選択をした人を応援する風潮も生まれた。また、「血縁」を重視することに疑問を持つ人が増え、それ以外の縁を大事にして家族のような関係を築いていく生き方も尊重されるようになってきている。それから、同性同士での結婚、同性の両親による育児、たくさんの大人が関わり合って育児をすること、親が複数いることなども多くなり、日本の法律や行政まわりにはまだまだ古い感覚が根強くとも、世界では多様な家族観が「当たり前のこと」になりつつある。

親子関係や婚姻関係の自由は、変わった。だが、きょうだい関係はどうだろう？　まだあまり模索されていないようだ。きょうだい間では深刻な問題が起こることが稀だからだろうか？　いや、少数かもしれないが重い悩みを抱える人はいる。そして、軽い悩みだったら、かなりの人がきっと抱えている。親子と比べて遊びの余地があるし、文学でもっと探究していける関係だろう。

そんなわけで、結構な意気込みと共に「姉妹もの」に挑んだ。血が繋がらなくても姉妹になれる。姉妹みんなで親にもなれる。

……余計なことは書かない、と言いつつ書いてしまった気がする。まあ、お許しください。

ともかくも、読んでくださった方、ありがとうございます。読んでくださった方が大好きです。えーと、姉妹関係は多様なので、つまり、読んでくださったあなたと書いた私は姉妹です。

二〇二一年一〇月二九日

子どもの幼稚園にある田んぼで稲刈り作業を見たあとに

山崎ナオコーラ

〈二八八頁引用〉
レイモン・ラディゲ 著　新庄嘉章 訳
『肉体の悪魔』（新潮文庫）

『偽姉妹』二〇一八年六月　中央公論新社刊
文庫化で『ニセ姉妹』と改題いたしました。

中公文庫

ニセ姉妹（しまい）

2022年1月25日　初版発行

著　者　山崎（やまざき）ナオコーラ

発行者　松田陽三

発行所　中央公論新社
〒100-8152　東京都千代田区大手町1-7-1
電話　販売 03-5299-1730　編集 03-5299-1890
URL http://www.chuko.co.jp/

ＤＴＰ　嵐下英治
印　刷　三晃印刷
製　本　小泉製本

Published by CHUOKORON-SHINSHA, INC.
Printed in Japan　ISBN978-4-12-207172-8 C1193

中公文庫既刊より

各書目の下段の数字はISBNコードです。978-4-12が省略してあります。

た-30-13
細雪（全）
谷崎潤一郎
大阪船場の旧家蒔岡家の美しい四姉妹を優雅な風俗・行事とともに描く。女性への永遠の願いを〝雪子〟に託す谷崎文学の代表作。〈解説〉田辺聖子
200991-2

た-30-28
文章読本
谷崎潤一郎
正しく文学作品を鑑賞し、美しい文章を書こうと願うすべての人の必読書。文章入門としてだけでなく文豪の豊かな経験談でもある。〈解説〉吉行淳之介
202535-6

か-18-7
どくろ杯
金子光晴
『こがね蟲』で詩壇に登場した詩人は、その輝きを残し、夫人と中国に渡る。長い放浪の旅が始まった——青春と詩を描く自伝。〈解説〉中野孝次
204406-7

か-18-8
マレー蘭印紀行
金子光晴
昭和初年、夫人三千代とともに流浪する詩人の旅はいつ果てるともなくつづく。東南アジアの自然の色彩と生きるものの営為を描く。〈解説〉松本　亮
204448-7

か-18-9
ねむれ巴里
金子光晴
深い傷心を抱きつつ、夫人三千代と日本を脱出した詩人はヨーロッパをあてどなく流浪する。『どくろ杯』につづく自伝第二部。〈解説〉中野孝次
204541-5

よ-25-1
TUGUMI
吉本ばなな
病弱で生意気な美少女つぐみと海辺の故郷で過した最後の日々。二度とかえらない少女たちの輝かしい季節を描く切なく透明な物語。〈解説〉安原　顯
201883-9

よ-25-2
ハチ公の最後の恋人
吉本ばなな
祖母の予言通りに、インドから来た青年ハチと出会った私は、彼の「最後の恋人」になった……。約束された至高の恋。求め合う魂の邂逅を描く愛の物語。
203207-1